阅读即行动

Richard Brautigan

去蒂华纳做手术

一部1966年的罗曼史

The Abortion:

An Historical Romance 1966

[美] 理查德·布劳提根 著　　徐娅子 译

北京联合出版公司
Beijing United Publishing Co.,Ltd.

题　献

弗兰克：

进馆里来吧——
小说在前厅的桌上，
你可以读一读。
我大概两小时后回来。

理查德

目录

第三部　致电洞穴

第四部　蒂华纳

第五部　我的三次堕胎

第一部

布法罗姑娘，
晚上出来跳舞吧

图书馆

这是一个美丽的图书馆，郁郁葱葱，具有美国特色，坐落在正确的时间，正确的地点。此时已是午夜，图书馆就像一个孩子，在书页间的黑暗宇宙中酣睡。虽然已经“闭馆”，但我不用回家，这里就是我的家，多年来一直如此。我必须一直待在这里，这便是我的职责。虽然这么说确实有些自以为是，但我真的不敢想象，如果有人来的时候我不在会怎样。

我在这张桌子前坐了几个小时，盯着逐渐没入黑暗的书架。我喜欢那些书本的姿态，喜欢它们恭敬地栖居于木书架上的样子。

要下雨了。

一整天，云朵就像在挑选衣服的小姑娘，或许是对天空的蓝不甚满意，她拖来了自己黑色系的衣柜。但目前为止还没有下雨。

“闭馆”时间是九点。但如果九点后有人带书来，可以在门口摇铃把我叫过去。无论我在做什么：睡觉、做饭、吃饭或是和维达做爱。维达一会儿就来。

她 11 点半下班。

门铃来自得克萨斯州的沃思堡。送我们门铃的那个人已经死了，没人知道他姓甚名谁。他拿着门铃进来，放在桌子上，看上去有些局促，转身就走了。说到底他不过是多年前的一位陌生人。门铃并不大，但它顺滑地牵动一根银丝，铃声便顺着这根对我们的听觉了如指掌的细线在图书馆游荡。

人们通常会在深夜和凌晨送书来。我的工作是在这里接待。

我早上九点开馆，晚上九点闭馆，但我每周七天，每天 24 小时都在图书馆里。

几天前，有一位老妇人在凌晨三点送来了一本书。我在梦中听见门铃响起，铃声就像从遥远的地方倾泻而来，灌进我的耳朵。

维达也被叫醒了。

“怎么了?”她问。

“门铃响了。”我答。

“不，是书来了。”她说。

我让她待在床上继续睡觉，等我去接待。我起床穿戴好，换上一副得体的样子去欢迎一本新书。

我的衣服并不贵，但看上去平易近人又整洁。我打扮得精神体面，人们看到我时就会觉得亲近。

维达已经回去睡觉了。长长的黑发像一片扇形的黑色湖泊铺满枕头，很漂亮。我忍不住掀开被子，再看看她沉睡时修长的身体。

她静止但充满张力的身体上，飘浮着花园般的馨香。她的身体是如此精妙绝伦。

我走出门，把图书馆的灯打开。尽管已是凌晨三点，图书馆看起来却十分雀跃。

那位老妇人就在厚厚的玻璃门后等着。图书馆非常复古，那扇门也给人一种宗教感。

那位女士满脸兴奋。她年纪不轻，我猜得有八十岁，衣着风格朴素，看上去不太富裕。

但……无论穷人还是富人……我的服务是一样的，绝不会有任何不同。

我还没开门，她就隔着厚重的玻璃门迫不及待地跟我说话："我刚刚写完。"因为隔着玻璃，她的声音闷闷的，但充满了喜悦、想象力和一种青春的活力。

"我真为你高兴。"我还没完全把门打开，只能隔着门回答。我们在玻璃门的两侧分享同样的快乐。

"终于写完了！"这位八十岁的老妇人说着便走进了图书馆。

"恭喜恭喜，"我说，"写完一本书的感觉肯定棒极了。"

"我一路走着来的，"她说，"半夜出发的。如果不是这把老骨头，我还能早点到。"

"你住在哪里？"我问道。

"基特·卡森酒店，"她说，"我写了一本书。"

她自豪地把书交给我，仿佛它是世界上最珍贵的东西。它也确实无与伦比地宝贵。

那是一个活页笔记本，是在美国到处都能买到的款式，普普通通，随处可见。

封面上贴着一个厚实的标签，上面用绿色蜡笔写着粗体大字，是书名：

酒店房间里的烛光花园

作者：查尔斯·芬·亚当斯夫人

“好美的标题，”我说，“整个图书馆都没有这样的书。这是头一部。”

她笑了起来。她的面容早在四十年前就开始衰老，被汽车尾气逐渐侵蚀，失去了青春，但此刻她的笑容灿烂无比。

“我花了五年的时间写这本书，”她说，“我住在基特·卡森酒店，在房间里种了很多花。房间没有窗户，所以我用烛光养花。蜡烛的效果最好。

“我也试过用灯笼和放大镜提供光照，但是效果看着不太好，特别是对郁金香和铃兰。

“我甚至试过用手电筒种花，效果实在令人失望。我种万寿菊时用了三四个手电筒，但它们长得并不好。

“蜡烛的效果最好。花朵似乎喜欢燃烛的香气，不知道你是否明白我说的。只要给花朵一支蜡烛，它就开始生长。”

我翻阅起这本书来。这是我在这儿少数能做的事情之一。事实上，我是唯一可以这么做的人。这本书是用红色、绿色和蓝色的蜡笔手写的。书中还有她的酒店房间的画，房间里种满了花。

她的房间非常小，里面还全是花。花朵们种在罐头、水瓶和罐子中，被燃烧的蜡烛环绕。

她的房间像一座大教堂。

书中还有酒店前任经理的画像以及酒店电梯的画。电梯看起来不是什么好地方。

在她给酒店经理画的画像中，酒店经理看上去非常沮丧，疲倦不堪，好像需要放个长假。他看上去像在回头张望，仿佛有什么东西即将进入他的视线，他不想看却无法拒绝。画像下写着：

基特·卡森酒店的经理
直至他因在电梯里喝酒
及偷窃床单被解雇

这本书大概有四十页，看起来相当有趣，是我们十分乐意收藏的佳作。

“你一定很累了，”我说，“你可以在这儿坐坐，我给你冲杯速溶咖啡怎么样？”

“那可太好了，”她说，“我花了五年时间写这本关于花的书，为此付出了很多努力。我喜欢花，可惜我的房间没有窗户，但我用蜡烛尽力达到了最好的效果。郁金香开得很好。”

当我返回房间时，维达已经睡熟了。我打开灯，她醒来了。她眨巴着眼睛，脸上有一种美女措手不及突然被唤醒时特有的，如大理石般柔和的质感。

“什么事？”她问，“又来了一本书。”她自问自答。

“是的。”我说。

“写的什么?”她像一台温柔的人形唱机，幽幽地问道。

“在酒店房间里种花。”

我烧上准备冲咖啡的热水，坐在维达身边，她缩成一团，把头枕在我的腿上，我的大腿完全被她如瀑的黑发覆盖。

我还能看见她的一只乳房。这真是太棒了!

“在酒店房间里种花的故事有什么特别之处?”维达说，“它不可能这么简单。到底讲的是什么?”

“用烛光种花。”我说。

“嗯哼。”维达说。虽然我看不见她的脸，但我知道她在笑。她对图书馆总有一些有趣的想法。

“是一位老阿姨写的，”我说，“她喜欢花，但她酒店的房间没有窗户，所以她点着蜡烛种花。”

“哦，天哪。”维达说，说到图书馆，她总是这副语气。她觉得这个地方很诡异，对它并不是太在意。

我没有回答她。热水已经烧好了，我舀了一勺速溶咖啡放进杯子里。

“速溶咖啡?”维达说。

“是的，”我说，“给送书过来的阿姨冲的。她年纪很大了，还走了很远的路才到这儿。我想她需要喝一杯速溶咖啡。”

“看来确实需要。也许还能来一点亚硝酸戊酯。我开玩笑的。你需要帮忙吗？我可以起床。”

“不，亲爱的，”我说，“我能处理。你烤的饼干都吃完了吗?”

“没有，”她说，“饼干都在那个袋子里。”她指向桌子上的白纸袋，“应该还剩几块巧克力饼干。”

“为什么把它们放袋子里?”我问。

“我不知道，”她说，“为什么人们要把饼干放在袋子里？我就这么放了。”

维达枕着胳膊看着我。她美得惊为天人：她的脸，她的眼睛，她的……

“你说得对。”我说。

“我说得没错吧?”她说，看上去困了。

“没错。”我说。

我把咖啡杯放在一个木制小托盘上，又搭配罐装牛奶和一些糖，还有一个盛了些饼干的小盘子。

托盘是维达送给我的，是她在蔻普进口商店买的，送给了我当作一个惊喜。我喜欢惊喜。

“待会儿见，”我说，“回去睡觉吧。”

“好。”她扯过被子盖住头。一会儿见，我的美人儿。

我把咖啡和饼干拿给了那个老妇人。她坐在桌旁，手肘支撑着头，快要睡着了，脸上露出做梦的神情。

我不忍叫醒她，我知道梦有多么珍贵，但，哎……“你好。”我说。

“噢，你好。”她说，干净利落地跳出了梦境。

“喝点咖啡吧。”我说。

“哦，太好了，”她说，“我可太需要咖啡提提神了。走了这么远，我也有点累。我其实可以等到明天坐公交过来，但我实在想赶快把这本书拿出来。半夜的时候我刚刚写完，而且花了五年时间才写完。

“五年。”她重复道，仿佛这是一个国家的名字，而她是那里的总统，那些在酒店房间里的烛光下生长的花朵则是她的内阁，而我是图书馆的秘书长。

“我现在就登记这本书。”我说。

“那可太棒了，”她说，“这饼干真好吃。是你自己烤的吗?”

我觉得她问我的问题有点奇怪。我此前从未被问及这个问题，不免有些惊讶。总有人能用饼干一类的话题把你问得措手不及，这可真有意思。

“不，”我说，“这些饼干不是我烤的。是一个朋友烤的。”

“好吧，无论是谁，他都很懂烘培。巧克力的味道也很棒，很有巧克力味儿。”

“真好。”我说。

我开始登记新书。我们将收到的所有书都登

记在图书馆内容分类簿里。它记录了我们每天、每周、每月、每年收到的所有书。每一本都入簿。

我们并不用杜威十进分类法或者其他索引系统把图书分类摆放。我们会在图书馆内容分类簿里记录图书的入馆时间，然后把书还给作者，让他把书放在图书馆任何一个他喜欢的地方，或是任意一个他喜欢的书架上。

书放在哪里都可以。因为没有人会来借阅，也没有人会来馆阅读。这不是那种图书馆。这是一个别样的图书馆。

“我真的很喜欢这些饼干，”这位老妇人说着，吃掉了最后一块饼干，“巧克力的味道好极了。在商店里买不到这样的。是你朋友烤的吗?”

“是的，”我说，“一位非常好的朋友烤的。”

“好，饼干可真不错。现在这样的东西可不多见了，你知道的吧。”

“是的，”我说，“巧克力饼干确实不错。”

饼干是维达烤的。

这个时候，老妇人已经喝完了她杯子里的最

后一滴咖啡。虽然杯子已经空了，但她又嘬了一口，吸尽杯子里最后一滴咖啡，像是要把它分成两滴喝。

她想要从椅子上站起来，我估摸着她要告辞了。我想她再也不会回来了，这将是她唯一一次造访图书馆。

“写书真是有趣，”她说，“现在写完了，我也要回酒店去照顾我的花了。我累了。”

“书先给你，”我说着，把书递给她，“你可以把它放在图书馆的任何地方，任何一个你中意的书架上。”

“真有趣。”她说。

她拿着书慢慢走到一个地方。以往会去那个地方的人大多是小孩子。小孩子们会在某种潜意识的引导下把书放在那个架子上。

我还没遇到过五十岁以上的人会把书放在那里，但她就好像被孩子们牵着手引去了那里。她把自己关于在酒店房间用烛光种花的书放在了一本关于（支持）印第安人的书和一本对草莓果酱大肆夸赞的图画书中间。

她离开图书馆时很开心，打算慢慢走回酒店，回到那个位于基特·卡森酒店的房间，那里有等着她的花朵们。

我关上图书馆的灯，拿着托盘回到我的房间。我对图书馆了如指掌，即便在黑暗中也能找回房间。回去的路上，我想着花朵、美国，还有维达安睡的模样。这些影像让我感到安心，就像是陈列在图书馆里的照片一般。

一场车祸

这座图书馆诞生于人们对其强烈的需求和渴望，大家都觉得必须有这样的一座图书馆。正是这种渴望催生出这家并不大的图书馆，也召唤了现阶段唯一的常驻员工，也就是我。

图书馆的大楼是旧金山大地震后流行的黄砖风格，位于加利福尼亚州旧金山萨克拉门托街3150号，邮编是94115。不过这里从来不接受邮寄的书籍，所有的书都必须由捐赠者亲自带上门。这是我们图书馆的基本原则。

在我之前有许多人在这里工作过，换人的频率相当快。我感觉我是这里的第35位或第36位图书管理员。我之所以能得到这份工作是因为我是唯一既能够满足要求，又有空的人。

我现在31岁，从没有接受过任何正规的图书馆培训。我接受的是另一种训练，也可以用来管理这个图书馆：我对访客有自己的见解，并且我喜欢我的工作内容。

我相信我是美国现在唯一能够做好这个工作的人，所以我就来了。在这里的工作结束后，我会找别的事情做。我想未来还有很多新鲜事物等着我。

在我之前的图书管理员在这里工作了三年，最后他因为害怕儿童而不得不辞职。他总觉得儿童有什么坏心思。他现在住在一个老人之家。我上个月收到了他寄来的一张明信片，其内容难以理解。

在他之前的图书管理员是一个年轻人，他为了来这里工作向他的摩托车帮派请了六个月的假。他后来又回到了他的帮派，但没有向其他人透露他到底去了哪里。

“这六个月你去哪儿了?”他们问他。

“照顾我母亲去了,”他答，“她生病了，需要我天天炖鸡汤喝。有问题吗?”之后再没人过问。

在他之前的图书管理员在这里工作了两年，后来突然搬去了澳大利亚丛林居住，再也没了消息。有的人说他还活着，也有人说他已经死了。无论他现在是死是活，我都觉得他还在澳大利亚丛林里，因为他说过他绝不会再回来，还说再看到书他就会抹脖子自杀。

在他之前的图书管理员是一位女士，怀孕后辞职。多年前的某天，她在图书馆看到了一位年轻诗人眼中的光芒。到现在，他们已经不再年轻，在米申区一起生活。她有一个漂亮的女儿，他则处在失业状态。他们想搬到墨西哥去。我觉得他们这个主意不好。我见过太多的情侣去了墨西哥，回到美国后立刻就分手了。我想他们如果想在一起，就不应该去墨西哥。

在她之前的图书管理员在这里工作了一年，在一次汽车事故中丧生。一辆汽车失控，撞进了图书馆。这场事故无端夺走了他的生命。我一直将信将疑，因为这座图书馆是用砖砌成的。

23 本

啊，和这些书一起在黑暗中坐着真是惬意。我一点儿也感觉不到疲惫。这就是一个普通的有书送来的夜晚。今天有 23 本书来到图书馆，欢天喜地地被摆上了我们的书架。

我在图书馆内容分类簿中记下了书的标题、作者以及一些关于图书的信息。第一本书大约是在六点三十分送来的。

那本书叫《我的三轮车》，作者叫查克，只有五岁，脸上的雀斑多得像是一场暴雨留下的。书的封面没有标题，书里也没有文字，只有图片。

“你的书叫什么名字?”我问。

小男孩打开书，给我看他画的一辆三轮车，其实那更像是一只长颈鹿倒立在电梯里。

“那是我的三轮车。”他说。

“画得真棒。”我说，“你叫什么名字呢？”

“那是我的三轮车。”

“我知道，”我说，“你画得非常好，但你叫什么名字？”

“查克。”

他高举着手把书一点点放到对他来说过于高大的桌子上，然后转头就往门口走：“我得走了。妈妈和妹妹在外面等我呢。”

我本想告诉他，他可以把书放在他喜欢的任意一个架子上，但已经看不到他小小的身影了。

《皮衣与人类历史》，S.M.贾斯蒂斯著。作者穿着好几件皮衣，看上去很有机车风。他的书从封面到封底全是皮革制的。不知用了什么方法，皮页上的文字还是印刷上去的。此前我从未见过一本290页的全皮书。

作者把书交给图书馆时说：“我喜欢喜欢皮革的人。”

《爱永恒美丽》，查尔斯·格林著。作者大约五十岁，他说他自从十七岁写了这本书以来，一直在寻找出版商。

“这本书创下了被拒次数世界纪录。”他说，“已经被拒了459次，现在我都是个老头子了。”

《立体声与上帝》，林肯·林肯牧师著。作者说上帝一直十分在意我们的立体声唱机。我不懂他这话是什么意思，但他把书砰的一声重重放在我桌子上。

《煎饼美人》，芭芭拉·琼斯著。作者时年七岁，穿着一条漂亮的白色连衣裙。

“这本书写了一个煎饼。”她说。

《萨姆、萨姆、萨姆》，帕特里夏·埃文斯·萨默斯著。“这是一本文学评论集。”她说，“我一直很仰慕艾尔弗雷德·卡津和埃德蒙·威尔逊，特别喜欢威尔逊对《螺丝在拧紧》的评论。”她是一位五十多岁的女士，长得很像埃德蒙·威尔逊。

《内布拉斯加的历史》，克林顿·约克著。作者是一位大约47岁的绅士，他说他从未去过内布拉斯加，但对这个州一直很感兴趣。

“我从少年时，就一直对内布拉斯加心向往

之。其他小孩会对听收音机或者骑自行车感兴趣。我却阅读了能找到的所有关于内布拉斯加的文字。我不知道我为什么会对这个感兴趣，但无论如何，这本书就是内布拉斯加最全面的历史。

这套书分为七卷，被装在一个购物袋里送来了图书馆。

《他吻了整整一夜》，苏珊·玛格著。作者是一位可能从未被亲吻过的中年妇女，长相十分普通。你得仔细找才能发现她的嘴唇，几乎完全消失在鼻子下面，这着实令人惊讶。

“这是关于接吻的。”她说。

我猜她的年龄不小了，已经没有任何委婉的必要了。

《麋鹿》，理查德·布劳提根著。作者高大、金发，留着一把深色长胡子，这让他看起来有些不合时宜，好像更适合生活在另一个时代。

这是他第三还是第四次将书带到图书馆。每次他带来新书，看上去都变得更老了一些，神色愈发疲惫。他第一次来送书的时候还很年轻。我记不清那本书的名字，只隐约记得和美国有关。

“这本又是关于什么的？”我问，他看起来像是想让我问他一些什么。

“就又写了一本。”他说。

看来我错了，他并不想让我发问。

《朋友，这可是黑暗女王》，罗德·基恩著。作者身着工装裤，脚踩一双橡胶靴。

“我在城里的下水道工作，”他将这本书递给我，“这是一本科幻小说。”

《你的衣服都死了》，莱斯·斯坦曼著。作者看起来像一位古代犹太人裁缝。他年纪很大了，说不定为堂·吉诃德缝过衬衫。

“它们死了，你知道吗？”他将书展示给我看，那架势就好像它是一块布料，一条裤腿。

《杰克，一只猫的故事》，希尔达·辛普森著。作者是一位 12 岁左右的女孩，正是迈入青春期的年纪。她穿着一件绿色的毛衣，胸部像新鲜柠檬一样鼓起。她正以一种令人赏心悦目的方式进入青春期。

“今晚你又带来了什么?”我问。在此之前，希尔达已经送来了五六本书。

“这本写我的猫。他叫杰克，是一只十分高贵的猫。我想把他写进书里，再把书送到这里，让他出名。”她笑着说。

《烹饪名家陀思妥耶夫斯基》，詹姆斯·法伦著。作者说这是一本烹饪书，里面收集了他在陀思妥耶夫斯基的小说里发现的食谱。

“其中有些非常好，”他说，“我吃过陀思妥耶夫斯基做过的所有东西。”

《我的狗》，比尔·刘易斯著。作者七岁，他在把书放在书架上时说了声谢谢。

《男人》，李康顿著。作者是一个七十来岁的中国绅士。

“这是一本西部小说，”他说，“是一个马贼的故事。我喜欢读西部小说，所以想自己写一本。怎么样?我在凤凰城的一家餐馆做了三十年的厨师。”

《越南胜利》，爱德华·福克斯著。这个作者是一个非常认真的年轻人，他认为只有杀掉越南的每一个人，才能在越南取得胜利。

《打印机中的墨》，弗雷德·斯金库斯著。作者当过记者，他的书是用流畅且难以辨认的手写体完成的，满纸都是威士忌酒香。

“就这个，”他说，递给我这本书，“写了二十年。”他说完就跌跌撞撞地离开了图书馆，路都走不稳。

我站在那里，手里拿着他二十年的回忆。

《培根之死》，玛莎·帕特森著。这位作者是一个绝对平凡的年轻女性，唯一特殊的是，她脸上有一种痛苦的神情。她把这本脏得难以置信的书递给了我，然后逃也似的离开了图书馆。这本书实际上看起来就像一大块培根。我本打算打开看看它讲了些什么，但又改变了主意。我不确定我是应该把它煎了还是把它放在书架上。

做图书管理员有时候也很有挑战。

《UFO对战CBS》，苏珊·德威特著。作者是一位老妇人，她说她的书是在圣巴巴拉的姐姐家写的，写的是火星人计划接管哥伦比亚广播公司的阴谋论。

“书里都写明白了。”她说，“还记得去年夏天那些飞船吗?”

“我记得。”我说。

“都在这本书里写明白了。”她说。这本书看起来非常精致，我信它真的写明白了。

《鸡蛋下了两次》，贝亚特丽斯·奎因·波特著。作者说这个诗集总结了她在圣何塞养鸡场26年生活中领悟到的智慧。

“可能不能说它是诗歌。”她说，“我从未上过大学，但它绝对是关于鸡的。”

《先吃早餐》，萨缪尔·亨伯著。作者说早餐对旅行来说是十分重要的，然而在太多的旅行书籍中都忽略了这一点，因此他决定写一本关于旅行中早餐有多重要的书。

《快速森林》，托马斯·方奈尔著。作者三十岁左右，看上去是位科学界人士。他的头发已经略见稀疏。他似乎很乐意谈论这本书。

“这片森林比一般森林长得快。”他说。

“你写这本书花了多长时间?”我问，感觉作者会喜欢这个问题。

“不是我写的，”他说，“我从我妈那里偷来的。这也是她活该。那个死婊子。”

《对合法化堕胎的需求》，O医生著。作者是一位快四十岁、很有危机感的中年人，看上去像位医生。书的封面上没有标题。内容非常工整，是打印上去的，大约有300页厚。

“我尽力了。”他说。

“你想自己把它放到书架上吗?”我问。

“不了，”他说，“你自己处理吧。我尽力了。我很抱歉。”

此刻，图书馆外面开始下雨。我听到雨水落在窗户上，雨声在书籍之间轻轻回荡。那些书本似乎知道我在等待维达，在这个美丽的生机盎然的雨夜。

布法罗姑娘，晚上出来跳舞吧

我必须告诉你，这里只是图书馆的一小部分。这栋楼不大，不可能装下这些年收集的所有书。

图书馆在 19 世纪 70 年代末搬到旧金山之前，就已经存在了许多年，甚至在 1906 年的地震和火灾期间，也一本书都没丢。那时候，其他人都像没头苍蝇一样到处乱窜，而我们处乱不惊，谨慎行事，保护了藏书。

这个图书馆建在一段斜坡上。斜坡很长，上至克莱街下至萨克拉门托街，我们只占用了一小部分。斜坡上别的地方长满了高草丛、灌木丛、花丛和“葡萄酒瓶丛”。这些地方也是情人们幽会的胜地。

一溜陈旧的水泥楼梯沿着克莱街植被繁茂、热闹无比的街区一路向下。其间点缀着几盏电灯，古旧得仿佛是托马斯·爱迪生的老友，端坐在高大的、像芦笋一般的金属灯柱上。

这些路灯所在的位置曾经是楼梯上第二段平台。现在灯都已经不亮了，到处都草木丛生，很难看出当初为什么会建这些设施。

图书馆的后墙就藏在楼梯下面的植被中，几乎看不见了。

但图书馆前院的草坪整洁极了。我们也不想让这个地方看上去完全是副原始森林的模样，可能会把人吓跑。

有个黑人小男孩每个月会来这儿一次，帮我们修剪草坪。我没有钱付给他，但他不在乎。他之所以这么做，是因为他喜欢我，他知道我需要待在图书馆里面，没法自己修剪草坪。我得一直待在里面，准备迎接新来的书。

现在草坪上有很多蒲公英，还有数千朵雏菊。它们像鲁迪·简莱什设计的连衣裙上的罗夏印花一般，错落有致地弥漫开来。

蒲公英性格孤僻，喜欢自己待着。但那些雏

菊就不一样了！透过这沉重的玻璃门我能看出它们的性格。

这个地方总是环绕着不大不小的狗吠声。从早上狗狗们醒来时开始，持续到深夜它们入睡，有时它们在夜里也会叫。

沿着斜坡往上数几户，有一家宠物医院。我虽然看不到那家医院，但几乎无时无刻不听到狗叫声，我已经习惯了。

起初我非常讨厌它们该死的叫声。我这人是这样，不喜欢狗。但我如今在这里已经三年了，早已习惯了它们的声响，不再烦它们叫唤了。其实，有时候甚至还很喜欢。

图书馆里的书架上方是高高的拱形窗户，有两棵绿树直冲向窗户，树枝紧贴着玻璃展开。

我爱死这两棵树了。

透过玻璃门，可以看到街对面有一个白色的大车库，车辆总是进进出出，在人们生病和有需要时出动。车库前门上写着蓝色的大字：GULF。

迁至旧金山之前，图书馆一度位于圣路易斯，后来又在纽约经营了很长一段时间。图书馆某处藏有很多荷兰语的书。

由于这栋楼太小，我们不得不把数千本书存放在别的地方。在 1906 年的事件后，为了安全起见，我们搬进了这座小砖楼，但是这里的空间实在是不足。

无论是有心为之还是命运使然，那么多的书诞生于世，却又流落至此。图书馆创立以来，我们已经收到了 114 本关于福特 T 型车的书，58 本关于班卓琴历史的书，以及 19 本讲给水牛剥皮的书。

图书馆会一直保存每本书的入馆记录，但大部分的实体书都保存在加利福尼亚北部的绝密洞穴中。

我并没有参与存书进洞的工作。那是福斯特负责的。他还负责给我送吃的，因为我不能离开图书馆。福斯特已经有几个月没有出现了，我猜他又去喝大酒了。

福斯特酷爱喝酒，还总能很快找到人跟他一

起喝酒。福斯特四十岁左右。无论天气如何，是下雨还是天晴，是炎热还是寒冷，他都只穿一件T恤。他的T恤是永久的，只有死亡能将它从他身体上剥走。

福斯特有一头沉重的金色长发，我总能见着他满头大汗的样子。他胖胖的，人很友善，你甚至可能会说他傻里傻气。但他有自己特殊的魅力，擅长说服陌生人给自己买酒。他会在洞穴附近的伐木镇上喝上一个月的酒，还与伐木工人一起闹事，在树林中与印第安女孩恋爱嬉戏。

我猜测他过不了多久就会来这儿，喝得面红耳赤，晕头转向，满嘴打着哈哈，开着他的绿色面包车，载着另一批书离开，前往洞穴。

第二部

维达

维达

初见维达时，她对自己的身体非常不满。几乎无法与他人对视，总想着远离人群躲起来，远离那个承载她的肉体。

这还是去年下半年在旧金山的事。

有一个晚上，她在下班后来到了图书馆。那会儿图书馆已经闭馆了，我正在房里冲咖啡，回想着当天来到图书馆的书。有一本讲的是一只拥有皮革般的翅膀的巨大章鱼。它一到晚上就在废弃的校园里飞窜，在教室间盘旋。我正往咖啡里加糖，听见门铃轻轻响了一下。哪怕是最微弱的铃声也能让我精神百倍地接受召唤。

我出门打开了图书馆的灯。门口站着一个年轻女孩，正在厚重的宗教花窗般的玻璃门后面等候。

她吓了我一跳。

她拥有令人难以置信的精致面孔，美得不可方物。长长的黑发垂落在肩头，如同蝙蝠在夜空中划过的光。她身上还有一种不同寻常的东西。但我无法立刻说出她的特别之处，因为她的面容如一座完美的迷宫，让我迷失其中，无暇顾及其他令我不安的东西。

她等着我开门让她进来，但并没有看着我。她的手臂下夹着什么东西，用棕色纸袋包裹着，看起来像一本书。

又一本加入我们的伙伴。

“你好。”我说，“请进。”

“谢谢。”她一边说着，一边十分不自在地走进了图书馆。我没想到她会如此怪异：既不看我，也不观察图书馆，她似乎在看着别的什么东西，视线既没落在我面前，也没看向我身后，甚至也没有看我身旁。

“你带的是什么？书吗?”我让自己的语气尽量贴近一位和蔼的图书管理员，希望让她能更自在些。

她的脸实在太精致了，嘴唇、眼睛、鼻子、下巴还有脸颊的曲线，都美得灼目。

“是的，”她说，“现在已经很晚了，希望没有打扰到你。”

“不，”我说，“完全不会。不会。请来桌子这边，在图书馆内容分类簿上登记。我们这儿的流程就是这样的。”

“我的确不知道在这儿该怎么做。”她说。

“你从很远的地方来的吗?”我问。

“不，”她说，“我刚下班。”

她也没有看着自己。我不知道她看着什么，但她非常专注地看着某样东西。我觉得她看的是她自己身体内的某样东西，那东西的模样只有她能看见。

她非常不自在地走到桌子边，姿态笨拙尴尬得要命，但她面容的精致让我再一次忽略了她的怪异。

“希望没有打扰到你，现在确实很晚了。”她带着一丝绝望感。她把视线从她所注视的东西上移开，光速瞥了我一眼。

她确实打扰了我，但不是她认为的那样。她身上有某种难以捕捉的不协调之处，让人难以言喻。她的面容就像一圈互相映照的镜子，让人神游其中。

“不，完全不会，”我说，“这是我的工作，我喜欢这份工作。比起别的地方，我更喜欢我现在的处境。”

“什么处境?”她问。

“我爱我的工作。”我说。

“你能这么开心，真好。”她说。她说“开心”这个词时，那语气就好像她是从很远的地方通过望远镜观察着它。她吐出的这个词听起来像天外来客，冰冷冷的，如同伽利略眼里的星星。

于是我注意到了她的怪异之处。她的脸部如此精致完美，但她的身体仿佛是为了弥补她面部的柔弱，发育得十分成熟。

她有着丰满的巨大乳房和纤细的腰身，宽大、饱满的臀部逐渐收窄向下，延伸成修长、壮丽的双腿。

她的身体非常性感，引人遐思，而脸部却如同波提切利的作品一般，引得思绪飘向虚无缥缈之境。

她突然发现我注意到了她的身体，难堪地脸红了，伸手进纸袋拿出她的书。

“这是我的书。”她说。

她把书放在桌子上，差一点转身就走。她本应该想离开，但又改变了主意。她瞥了我一眼，我感到她的内心深处有某个人透过身体向外看着，仿佛她的身体是座城堡，而城堡里住着一位公主。

书上包着朴素的棕色包装纸，没有标题。这本书看起来就像是一块荒凉的土地，被冰冷的火焰灼烧着。

“这本书讲的什么?”我手里拿着书，几乎能触摸到从书内散发出的憎恨。

“就是关于这个的。”她说着，几乎是疯了一般一把扯开大衣的扣子。她解开大衣，就像是打开某个地牢的大门，里面满是恐惧、刑罚、痛苦和对罪孽的麻木妥协。

她穿着蓝色的毛衣和裙子，一双时髦的黑色皮靴。衣服下的身体异常丰满，足以让电影明星、选美皇后和舞女们嫉妒得哭出来，哭花全部的妆。

她身体的发育完全符合西方男性在这个世纪对女性外貌的渴望：丰满的胸部，细小的腰身，宽大的臀部，花花公子封面般长而细的腿，如家具的腿。

如果广告业能把她搞到手，将会把她塑造成一个国家公园。她就是这么美。

接着，她的蓝色眼睛像潮池一样流动，她开始哭泣。

“这本书是关于我的身体的，”她说，“我讨厌它，它对我来说太大了。它是别人的身体，不是我的。”

我伸手进口袋，拿出了一块手帕和一根巧克力棒。当人们心烦意乱或担忧焦虑时，我总是告诉他们一切都会好起来，并给他们一根巧克力棒。

这是个惊喜，对他们有好处。

“一切都会好起来的。”我说。

我递给她一根“银河”巧克力棒。她吃惊地拿着巧克力棒，一直盯着。我又递给她一块手帕。

“擦擦眼睛，”我说，“吃块糖吧，我还可以给你弄杯雪莉酒。”

她心不在焉地翻弄着糖果包装纸，就好像那是来自未来世界的高科技工具。我去取了些雪莉酒，我想我们俩都需要喝一杯。

我回来的时候，她正在吃巧克力棒。“这下好多了吧?”我微笑着说。

送她巧克力棒这件事有些滑稽，这让她露出不易察觉的笑，几乎要正眼看我了。

“请在这儿坐会儿吧。”我指了指桌子和椅子。她坐下的姿态让人感觉她的身体比她本人宽了六英寸。她本人已经坐定，但她的身体才刚坐下。

我给我们一人倒了一杯加洛雪莉酒——这是图书馆能买得起的最好的酒了。我们抿着雪莉酒，度过了一段尴尬的沉默。

我本想告诉她她是个美丽的姑娘，不应该为此难过，更不应该自我谴责，但我马上改变了主意。

那不是她想听的，也不是我真正想说的。毕竟，我还是比较知情识趣的，谁都不会想听人下意识想说的话。

“你叫什么名字？”我问。

“维达（Vida），维达·克拉马尔。”

“你喜欢被叫 V-（ee）-da 还是 V-（eye）-da？”这让她笑了：“V-（eye）-da。”

“你多大了？”

“十九。很快就二十岁了，十号就是我生日。”

“你还在上学吗？”

“不，我在上夜班。我上过一段时间州立大学，然后又去了加利福尼亚大学，但我没上明白。现在我晚上工作。还挺好的。”

她似看非看地望着我。

“这本书是你刚写完的吗？”我问。

“是的，我昨天写完的。我想让别人知道我是怎样的人。我想这是我剩下的唯一一件应该做的事情。我十一岁时，胸围就有三十六英寸了。那时候我还在上六年级。

“过去的八年里，有不下一百万个黄色玩笑把我当成了发泄对象，要不就是顶礼膜拜，要不就是恶言相向。七年级时，我被称作‘得分项’。听起来真可爱，对吧！从那以后便一直有各种各样的。

“我写的就是我的身体，就是人们对并非真实的我产生阴暗、扭曲、贪婪的想法是一件多么可怕的事情。我姐姐的身材才是我真正的样子。”

“听起来真可怕。”

“多年来，我反复做着一个同样的梦。梦中我在半夜起来，走进我姐姐的卧室，和她交换身体。我脱下我的身体，换上她的身体。那具身体非常合身。

“在梦里，只要我一觉醒来，就能穿上自己真正的身体，而她则会换上我现在的这具可怕玩意儿。我知道这不是一个好梦，但我在青春期早期反复梦到它。

“你永远不会明白身体长成我这样是什么感觉。我走到哪里都能听到人们吹口哨，或者嘀咕着什么污言秽语，又或者大声叫嚷着引起我注意，到处都是暧昧或难听的下流话，而且我遇到的每个男人一见我就想立即和我上床。我的身体就是个错误。”

她现在直直地盯着我。目光坚定不移，就像一座满是窗户、屹立不倒的摩天大厦。

她继续说：“我的生活就是一场折磨。我，我不知道。我写这本书就是为了告诉人们身体的美是一件多么可怕的事情，彻头彻尾的恐怖。

“三年前，因为这具身体，一个男的出车祸死掉了。当时我就在公路上走着。那天我和家人一起去海滩玩儿，但我受不了海滩。

“他们要我穿上泳装。‘别害羞，放松点，享受生活。’但我对自己得到的关注感到很痛苦。一个八十岁的老头甚至把冰激凌掉在了自己的脚上。我重新穿上了衣服，沿着海滩边的公路走。我必须离开那儿。

“一个男的开车经过。他放慢了速度，目不转睛地看着我。我不想理他，但他非常执着。他完全忘了自己在哪里，也忘了自己在干什么。他直接撞上了火车。

“我跑过去，他还活着。他死在我怀里，眼睛还盯着我。太可怕了。我俩身上都是血，他的眼睛一直没从我身上移开。他的胳膊上的骨头戳了出来。他的背也看起来很怪。他死的时候还说了一句‘你真美’。哈，这可不正是我应该听到的吗，可真是棒极了，一辈子难忘。

“十五岁的时候，一个高中同学化学课上喝了盐酸，就因为我不愿意和他约会。他本来就有点疯，不过这也不会让我感到好受些。校长因此禁止我穿毛衣去学校。

“就是这个，”维达说着，像迎着雨滴一样展示自己的身体，“这不是我。我不能对它的所作所为负责。我从没利用我的身体从任何人那里得到什么，从来没有。

“我无时无刻不在躲避我的身体。你能想象吗，我所有的精力都用来躲避自己的身体，仿佛它是个B级电影里的怪物一样，但我每天仍然得用它来吃饭、睡觉、行动。

“每当洗澡的时候我都想吐。我活在错误的躯壳里。”

她同我讲述这些经历时，眼睛一直没有从我身上移开。我感觉自己像公园里的一座雕像。我又为她倒了一杯雪莉酒，也给我自己倒了一杯。我隐约意识到，在这个夜晚结束前，我们可能需要很多雪莉酒。

“我不知道该说什么，”我说，“我只是个图书管理员。我不能说你不美。那可荒诞得就像说你此刻不在这里，在世界上别的什么地方，比如中国或非洲一样。也像是把你当成其他东西，比如植物，要不就是轮胎，要不就是冷冻豌豆或公交车票之类的。你明白我的意思吗?”

“我不明白。”她说。

“这是事实。你是个非常漂亮的女孩，这点不会改变，所以你最好安下心来，习惯它吧。”

她叹了口气，然后笨手笨脚地脱掉外衣，搭在椅背上。她的衣服就像被剥下来的菜叶子一样耷拉着。

“我曾经试过穿非常宽松的衣服，但不管用，我不希望自己看起来像个邋遢鬼。穿着这肉身是一回事，被人说是垮掉的一代是另一回事。”

接着，她朝我露出一个大大的微笑，说：“不管怎样，那都是我的麻烦事。我们现在该做什么？下一步是什么？你还会发巧克力棒吗？”

我装作从口袋里拿出巧克力棒的样子，她大声笑了，令人心情愉悦。

突然，她强势地把话题转向我：“你呢？为什么在这个奇怪的图书馆？”她说，“这就是个废物们用来存放书籍的地方。我开始对你好奇了。发巧克力棒的图书管理员，你有什么故事？”

她带着微笑问起了这些问题。

“我在这儿工作。”我说。

“这回答也太简单了。你从哪里来？要到哪里去?”她问。

“嗯，我做过各种各样的工作，”我说，听上去有点装老成，“我在罐头厂、锯木厂、工厂工作过，现在我在这儿工作。”

“你住在哪里?”她问。

“就在这儿。”我说。

“你住在图书馆里?”她说。

“是的。后面有个大房间，还有个小厨房和卫生间。”

“带我看看吧。”她说，“我突然对你很好奇。像你这样年轻又老成的人，在这么个阴森的地方工作，说明你在这场游戏中走得也不远。”

“你真是直言不讳。”我说，还真被她说对了。

“我就是这样的，”她说，“我可能有病，但我不笨。带我看看你的房间。”

“这……”我稍作迟疑，“这不是很符合规范。”

“你在开玩笑，”她说，“你说得像是这个地方有什么是合乎规范的一样。我不知道该怎么说，你们这里的运作方式可真是闻所未闻。这家图书馆，确实是有点古怪。”

她说着站了起来，笨拙又尴尬地伸了个懒腰。接下来发生的事很难形容，我一辈子都没有这样的经验：一个拥有完美身体的女人，她的魅力如魔咒般击中了我。就像大海的浪潮注定会冲向岸边，我认命了，带她看了我的房间。

“我最好还是拿上我的外套，”她说着，把外套叠起来搭在手臂上，“带路吧，图书管理员先生。”

“我还从未这样做过。”我嘟囔一句，好似是对着不存在的人说的。

“我也没有，”她说，“这对我们两个来说都是一种别致的体验。”

我本想说些什么，但是杂乱的想法让我心里一片迷茫，语言也变得遥远又无用。

“图书馆现在不在营业时间，对吧?”她说，“我是说，现在已经过了午夜，这里只为特别的书籍开放，为像我这样来得晚的人开放，对吗?”

“是的，已经闭馆了，但——”

“但什么?”她说。

我不知道那个“但”是从哪里冒来的，它消失得也同样迅速，转眼回到了那片属于连词的忘川中。

“没什么。”我说。

“那你最好把灯关了，”她说，“不要浪费电。”

“好的。”我感到身后的门关上了，我知道这个起初看起来害羞又难过的女孩正在蜕变，蜕变成一个我不知道如何应对的强大存在。

“我应该把灯关掉。”我说。

“是的。”她说。

我熄灭了图书馆的灯，又打开了房间的灯。身后图书馆的门关上了，面前房间的门打开了，除了灯光，还有别的什么也被点燃。

“你的房间很简单，”她说着把她的外套放在我的床上，“我喜欢。你一定过着孤独的生活，与那些带书来的废物和怪咖在一起，也包括我。”

“我称之为家。”我说。

“那可真悲哀。”她说，“你在这里待了多久了？”

“很多年。”我说。真他妈的。

“你太年轻了，不可能在这里待那么久，”她说，“你多大了？”

“三十一岁。”

“这可是个好年龄。”

她背对着我，盯着我厨房的橱柜。

“你可以看着我，”她没回头，说道，“不知道为什么，我并不介意你看我。事实上，你看着我让我感觉不错，但你别用强盗的眼神看我。”

她的话让我笑了出来。

突然她转过身来，先是侧着看我，然后正对着我，温柔地微笑。“我真的不是很擅长这个。”

“我想我差不多能理解。”我说。

“那就好。”她伸手梳理她的长黑发，搅起了一阵如蝙蝠翅膀般的光泽。

“我想喝咖啡。”她看着我说。

“我来做。”我说。

“不，我来，”她说，“我懂怎么好好煮咖啡，这是我最拿手的。你可以叫我咖啡女王。”

“哎呀，”我有点尴尬，“对不起，我这里只有速溶咖啡。”

“那就速溶吧，”她说，“谁不喝速溶呢，也许我连速溶咖啡也做得很有一手。谁知道呢。”她微笑着说。

“我拿给你。”我说。

“哦，不用，”她说，“我来拿。我对你的小厨房也很好奇。我想了解你更多一些，就从这个小厨房开始吧。我一眼就能看出你和我有点像，你在这个世界里找不到归属感。”

“至少让我拿咖啡给你，”我说，“它在——”

“坐下，”她说，“你让我紧张。只能有一个人去冲速溶咖啡。我能找到所有材料的。”

我坐在床上，紧挨着她的外套。

她找到了所有东西，以准备一场饕餮盛宴的架势冲了一壶咖啡。我从未见过有人在冲速溶咖啡时能表现得如此专注细致、一气呵成。冲速溶咖啡成了一幕芭蕾，而她就是芭蕾舞女，在勺子、杯子、罐子以及烧着沸水的锅子间翩翩起舞。

她清理了桌子上的杂物，但又决定去床上喝咖啡，因为那里更舒适。

我们坐在床上，舒服得就像被窝里的两只大虫子，啜着咖啡，聊着生活。她在一个小研究所工作，是一名实验室技术员，正在给狗做各种实验，试图解决更为复杂的科学问题。

“你怎么得到这份工作的?”我问。

“通过《纪事报》上的一则广告。”她回答。

“旧金山州立大学怎么样?”

“我可烦那儿了。我的英语老师爱上了我。我让他滚，结果他给了我不及格。这让我很生气，所以我转到了加州大学。”

“加州大学怎么样?”

“都一样。我不知道我对英语老师是不是有什么特别的吸引力，但他们一看到我就像断头台落下一样纷纷坠入情网。”

“你在哪里出生?”

"圣克拉拉。好了，我已经回答了你很多的问题了。现在轮到你告诉我你是怎么得到这份工作的。你是怎么当上图书管理员的?"

"我自然而然得到了这个职位。"

"我猜肯定不是通过报纸广告。"

"不是。"

"那你是怎么获得这个职位的?"

"我之前的图书管理员受不了小孩。他觉得小孩会偷他的鞋子。当时，我带着我写的一本书来到这儿，他正往图书馆内容分类簿上登记。几个孩子进来了，他情绪当场失控。所以我问他要不让我接管图书馆，他可以去找一个与小孩无关的工作。他说他也觉得自己快要崩溃了。于是我就得到了这份工作。"

"你在这里工作之前还做过什么?"

"我在很多地方干过：罐头厂、锯木厂、工厂。有个女人养了我好几年，后来她厌倦了，就把我踢了出来。我说不好，在这里的工作之前，我的生活还挺复杂的。"

“你辞职以后会去做什么，或者说你有计划辞职吗?”

“我不知道。”我说，“走一步看一步吧。也许我会找到另一份工作，或者再找个女人养我，或者可能我会写一本小说，然后卖给电影公司。”

这让她觉得很有趣。

我们喝完了咖啡。气氛有些微妙，因为我们突然都注意到没有咖啡可以喝了，而我们正坐在床上。

“现在该怎么办?”她说，“不能再喝咖啡了，而且也不早了。”

“我不知道。”我说。

“如果我们一起上床睡觉，那可太老套了，”她说，“但我实在想不出有什么更好的事情可以做。我不想一个人回家睡觉。我喜欢你。我今晚想和你待在一起。”

“你可难倒我了。”我说。

“你想和我睡觉吗?”她说，没有直视我，但也没看向别处。她的眼神游移在看向我和想事情之间。

“没有别的地方可去，”我说，“如果你今晚走了，我会觉得自己差劲。和陌生人一起睡觉很难。很多年前我就不再这么做了，但我认为我们不算是陌生人。你觉得呢?”

她目光的四分之三转向我。

“当然，我们不是陌生人。”

“你想和我睡觉吗?”我问。

“我不知道你哪里吸引了我，”她说，“但你让我很开心。”

“肯定是因为我的穿着，能让人放松。我一贯如此，知道怎么搭配衣服才能让和我在一起的人开心。”

“我可不想和你的衣服睡觉。”她笑着说。

“你想和我睡觉吗?”我说。

“我从来没有和图书管理员睡过。”她99%的目光投向了我，还有1%即将到来。我已看到她的目光流转。

“这个夜晚，我特意带来一本书，述说我丑得像大象一样的身体。但现在，我倒希望这个笨重如机械的躯壳能躺在你身边，就在这个奇怪的图书馆里。”

前往蒂华纳的倒计时

第一次在一个陌生人面前脱掉衣服是多么抽象的一件事情。这并不在我们的计划之中。这让人几乎都不敢直视自己的身体，仿佛它是这个世界的异乡人。

我们大部分的人生都是在衣服的遮掩下私密地度过的，除非是像维达这样的特殊情况。她的身体活在她本人的外面，供人欣赏，就像一片失落的大陆。而她的衣服则是她凭自己喜好选择的恐龙，栖居在这片世外桃源上。

她说："我想把灯关了。"并在床上坐下，靠近我。

我听出了她的恐慌，这让我十分吃惊。就在几秒钟前她看上去还相当放松。天，她思维转变的速度真快。对此，我只得坚定地说："不，请不要关。”

她的眼神定住了几秒，就像一架蓝色的飞机在坠机前的悬停静止。

她说：“好的，你说得对。这很困难，但我别无选择。我不能永远这样。”

她指着自己的身体，好像她的身体远在某个孤寂的山谷中，而她站在高山之巅俯视着。泪水突然涌进她的眼眶里。蓝色飞机的机翼沾上了雨水。

然后她停止了哭泣，一滴泪也没有掉下来。等我再看时，所有的眼泪都消失了。“我们必须开着灯，”她说，“我不会哭的。我保证。”

我伸出手。二十亿年来第一次，我触摸到了她。我碰到了她的手，手指小心翼翼地掠过她的手指。她的手好凉。

“你很冷。”我说。

“不，”她说，“我只是手冷。”

她笨拙又尴尬地一点点靠近我，把头靠在我的肩上。她的头碰到我时，我感到自己的血液向前跳跃，我的神经和肌肉向未来延展出去，化作模糊的虚空幻影。

我的肩膀被融进滑腻的雪白肌肤和丝绸般的长发中。我放开了她的手，摸了摸她的脸，那是她的热带地区。

“你看吧，”她微微一笑说，“我只是手冷。”

尝试适应她的身体是一种很棒的体验，我不想她成为一头跑进树林的受惊小鹿。

我心怀诗兴，挪了挪肩，脑海里出现一首诗的最后几行：爱是一个婴儿；谁能说不是呢，/爱是给予那不断成长之物以更加充分的成长。与此同时，我让她轻轻躺回床上。

她躺在那里，仰望着我。我俯下身体，慢慢靠近，尽可能温柔地吻上了她的唇。我不想让那初吻显得做作，或有分毫肉欲男女的轻浮之色。

一个决定

从女孩的上面开始还是下面开始，这是一个艰难的决定。面对维达，我根本不知道从哪里开始。这确实难倒我了。

她笨拙又尴尬地伸手捧住我的脸，安静地亲吻我一遍又一遍，我必须得想办法。

她一直躺卧着看着我，眼睛跟随着我，就好像我是一片飞机起落坪。

换我捧住她的脸，让她成为在我手心绽放的一朵花。我双手慢慢地沿着她的脸部滑落，在吻她的同时，继续向下移动到她的脖颈，再到她的肩膀。

当手快滑到她乳房时，我可以看见未来在她的心中变化翻转。她的乳房是如此丰满，在毛衣下的形状是如此完美，以至于当我第一次触摸它们时，我的胃提到了心口，人仿佛站在了脚手架上。

她的眼神从未离开我，我能在她眼中看到她对我触摸她乳房的反应，犹如短暂的蓝色闪电。

我险些像个图书管理员一样犹豫不决。

“我保证。”她说，笨拙又尴尬地将我的双手用力地压向她的乳房。她当然不知道这对我有什么效果。脚手架开始旋转。

她再次亲吻我，但这次用上了她的舌头。她的舌头滑过我的舌头，就像一块滚烫的玻璃。

继续决定

好吧，是我决定从上面开始，所以我也不得不继续执行下去。很快，我们就到了该脱掉衣服的时候了。

我看出她根本不想这么做。所以她也帮不上忙，一切都得由我来做。

该死。

我最初选择在图书馆工作，并没有想到会有这种事发生。我原本只想照顾书籍，因为另一个图书管理员不做了。他害怕孩子们，但当然，现在再去想他害怕什么已经没有意义。我有我自己的难题要面对。

接收这个奇怪、笨拙且美丽的女孩的书是我的职责，但我接收得过头了。我现在面临的是接收她的身体，这具躺在我面前的身体。我需要脱掉它的衣服。这样我们才能将我们的身体联结起来，成为一座横跨深渊的桥梁。

“我需要你的帮助。”我说。

她什么也没有说，只是继续凝视着我。犹豫的蓝色闪电再次在她眼中闪现，但最终又放松了下来。

“我能做什么呢?”她说。

“请坐起来。”我说。

“好的。”

她笨拙又尴尬地坐直了。

“请把你的双手举起。”我说。

“这么简单吗?”她说。

无论这样做是否正确，我也一步步地办到了。我要是仅仅态度亲切地接收她的书并送她离开，那会简单得多。但那已经是过去式了，或者是一种过时的说法。

“怎么样?”她说，然后笑了，“我感觉自己是遭遇劫匪的旧金山银行柜员。”

“那就对了，”我说，“就按纸条上写的做。”

我开始轻轻地脱掉她的毛衣。衣服滑过她的肚子，滑过她的乳房，并被其中一个乳房卡住，我不得不伸手将衣服撩过乳房。接着她的脖子和脸先是被毛衣挡住，又在毛衣从手指滑脱时重新露出来。

她这会儿看起来已然很绝妙，我本可以在这一步沉迷很久。但我还是得继续前进，我必须这么做，脱掉她的胸罩，这是我的使命。

“我感觉自己是个小孩子。”她说着转过身去，这样我就能够着她背后的胸罩扣子。我摆弄了那个扣子几分钟。我一直不太擅长解开胸罩。

“需要我帮忙吗?”她说。

“不用，我能搞定，”我说，“可能需要几天时间，但我会弄开的。不要灰心。就在……啊!”

这让维达笑了起来。

她根本不需要穿胸罩。胸罩脱掉，她的胸部就像房子上的阁楼屋顶一样挺立，我将胸罩扔进衣服堆里。那是一堆来之不易的衣服，每一件都是我通过斗争解决的。

她的乳头小巧，颜色精致，与她浑圆巨大的

乳房形成强烈的对比。她的乳头非常柔软。它们是另一种不协调之物，像一扇门一样牢牢地贴在维达的身体上。

然后我们两个同时低头看着她的靴子，黑色皮革长靴，像一只围绕她脚边的小动物。

“我帮你脱靴子。”我说。

我已经处理完她的上半身，现在该开始解决她的下半身了。女孩的确有许多部位。

我脱下了她的靴子，然后我脱下了她的袜子。我喜欢我的手在她脚上滑过的感觉，就像水流过小溪。她的脚趾是我见过的最可爱的鹅卵石。

“请站起来。”我说。我们现在真的在快速进展了。她笨拙又尴尬地站起身，我就开始解开她的裙子。我将它剥离她的臀部，放在地上，她从里面走出来，然后我把它放在衣服堆上。

在脱下她的内裤前，我深深地看着她的脸。她的表情淡定，虽然眼神中依然流动着犹豫的蓝色闪电，但最终都归于平静，她越来越笃定。

我把她的内裤脱下，大功告成。维达现在赤

身裸体，站在我的面前。

“你看，”她说，“这不是我，我根本不在这里。”她伸出手，胳膊绕上我的脖子，“我会为你集中注意力的，我的图书管理员先生。”

两段念白（37－19－36）

“我不理解为什么女性会追求这样的身材。这种身材滑稽可笑，她们却如此渴求。通过节食、手术、注射、不合身的内衣等等方式，不惜一切代价想要得到这样的身材。而且如果尝试了一切办法还是求不得，这些愚蠢的女人就会作假。好吧，这个身体随她们拿走。来拿走吧，婊子们。

“她们根本不懂自己会成什么样，或者可能她们就是喜欢这样。也许她们和那些利用身体来攫取金钱的贪得无厌的女人一样：电影明星、模特、妓女。

“哦，天啊！

“我真的看不出这样的身材对于男性和女性有何致命吸引力。我的姐姐的身材才是属于我的身材：又高又瘦。而这些，不过是我外在的累赘。

这不是我的乳房。这不是我的大腿。这不是我的屁股。我就在这些垃圾的里面。你看到我了吗？仔细看。我在这里，图书管理员先生。”

她伸出手臂，搂住了我的脖子，而我则把手放在了她的臀上。我们就那样站着，互相凝视。

“我认为你错了。”我说，“不管你自己是否喜欢，你是个非常美丽的女人，你有一个完美的身体容器。这可能不是你想要的，但这个身体由你守护，你应该照顾好它，并且为此感到骄傲。我知道这很难，但不要管其他人想要的是什么，他们得到了什么。你拥有的是美丽的东西，可以试着与它共存。

“美是世界上最难理解的东西。不要管其他人幼稚的性饥渴。你是个聪明又年轻的女孩，你最好运用自己的头脑而不是利用自己的身体，而你的确正是这样的人。

“不要觉得这都是命，不要觉得自己不配拥有。生命太短暂了，没有时间来背负这一切。这个身体就是你，你得习惯它，因为这身体是唯一的，也是无法改变的。你无法逃避自己。这就是你。

“让你姐姐留着她自己的身体吧。你要开始学着欣赏并且使用自己的身体。我想如果你能放松，让心从别人污秽的思想中解脱出来，你可能就会喜欢上自己的身体。

“如果你对每个人的问题都耿耿于怀，那么整个世界将不过是一个巨大的绞刑架。”

我们接吻了。

第三部

致电洞穴

致电洞穴

在维达发现自己怀孕时，我给洞穴打了电话。谢天谢地，我联系上了福斯特。维达和我聊过了，堕胎并不是个很困难的决定，我们出于理性和善意得出了这个结论。

“我还没准备好要孩子，”维达说，“你也没有。你还在这种奇怪的地方工作。也许将来某个时候我们可以要孩子。以后我们肯定会有孩子的，但现在不行。我很喜欢小孩，但现在时机不对。如果不能全身心投入给孩子，那么最好还是等等。世界上有太多的孩子，而爱却不够。拿掉他是我们唯一的选择。”

“我认为你说得对，”我说，“我不觉得这个图书馆是个奇怪的地方，但我们确实还没准备好要孩子。也许再过几年吧。我想这次堕掉后，你应该开始服药避孕了。”

“是的，”她说，“是得吃避孕药了。”

然后她微笑着说：“看来我的身体又给我们找麻烦了。”

“有时候是会这样的。”我说。

“你对这方面有了解吗？”维达说，“我听说过一点儿。我妹妹去年在萨克拉门托做过一次人流手术。但在手术前，她还去过马林县，找那里的一个医生打了一些激素针。但因为针打得太晚了，没有起作用。如果能及时打针的话，效果就会非常好，而且比做手术便宜不少。”

“我觉得我最好打个电话给福斯特，”我说，“去年他也遇到过这种情况。他跟一个印第安女孩南下去了蒂华纳。”

“福斯特是谁？”维达问。

“他负责看管洞穴。”我说。

“什么洞穴？”

“这栋楼太小了。”我说。

“什么洞穴？”她又问。

我这才意识到，维达肚子里的事让我有点乱了手脚。我稍微平复了一下心情，说：“是这样，我们在加利福尼亚北部的几个洞穴里存放了大部分书籍。这栋楼对我们的藏书量来说太小了。

“这个图书馆历史非常久远。福斯特负责看管洞穴。他每几个月会南下来这里一趟，开着他的面包车把书拿走，存放在洞穴中。

“他还会给我带食物和一些简单的生活物品。其余时间他就待在那儿喝酒，和当地女孩玩乐，大多是印第安人。他是一号人物，一个真正的风云人物。

“去年他去了一趟蒂华纳，他跟我详细讲过这事儿。他在那儿认识一位非常好的医生。洞穴里通了电话，我要给他打个电话问问。我之前从没给他打过电话，一直没这个必要。这里的生活一般都挺平静的。我们最好还是把这件事弄明白。你能在我去打电话的时候帮我看下图书馆吗?”

“可以，”维达说，“当然，这是我的荣幸。没想到有一天我会成为这个地方的图书管理员。话说回来，当我揣着书来到这儿时，还真有过一点儿预感。”

她笑着，身穿一条短款绿色连衣裙。她的笑容配着连衣裙，看上去像一朵花。“我只出去几分钟，”我说，“拐角处好像有个付费电话亭，如果它还在的话，我就去那里打电话。我已经很久没离开这里了，它可能已经被搬走了。”

“不，它还在，”维达笑着说，“我会照顾好这里的，别担心。你把图书馆交到了对的人手里。”

她向我伸出手。我亲了一下她的手。

“这手还可以吧？”她说。

“你知道怎么在图书内容分类簿上登记吗？”我说。

“知道，”她说，“我知道怎么做，而且凡是带书来的人我都会给予最高规格的礼遇。别担心。一切都会顺利的，图书管理员先生，别再担心了。你在这儿待的时间太长了，再这样下去我得把你绑起来拖出去。”

“不行你就请他们等一会儿，”我说，“我就离开几分钟。”

“快去吧！”维达说，“你别婆婆妈妈的，放松一点。”

一次（短暂的）外出

天，真是好久没出来了。我都没意识到自己在那个图书馆里已经待了这么多年。图书馆几乎是处于某种永恒之中，像一架载满书的飞机，在连绵不绝的书页中飞行。

亲身走到外面和透过窗户或门看着外面的感觉完全不同。我走在街上，觉得在人行道上步行笨拙又尴尬。水泥地面太硬了，太有攻击性了。又或许是我太轻盈、太被动了。

这很值得思考。

我费了九牛二虎之力才打开电话亭的门，终于开始打电话给住在山洞里的福斯特。但这时，我突然意识到我没有带钱。我摸遍了所有的口袋，但遗憾的是，一分钱也没有。在图书馆里，我不需要钱。

“这就回来了?”维达问。她站在柜台后面，穿着那身绿色连衣裙，顶着花儿一般的笑脸，看起来非常漂亮。

“我没有钱。”我说。

她至少笑了五分钟，乐不可支地取来她的钱包，给了我一把零钱。

“你可真行，”她说，“你还记得钱该怎么用吗？你应该这样拿着硬币。”她装模作样地捏着一枚空气硬币，又笑了起来。

我走了，我拿到钱了。

福斯特来了

我给住在洞穴的福斯特打了电话。我都能听到他的电话铃声，响了有七八下他才接。

“什么事?”福斯特说，“是谁? 到底是哪个浑蛋，在搞什么鬼? 现在是下午一点你知道吗? 你是吸血鬼吗?”

“是我,”我说，“你这老酒鬼!”

“哦,”他说，“是小屁孩。妈的，你怎么不早说? 你那儿发生什么了? 是不是有人带来一本写在大象身上的书? 你给它吃些干草，我开车马上到。”

“真会说笑，福斯特。”我说。

“还行吧,”他说，“在你待的那个疯人院什么都有可能发生。你有什么事吗，孩子?”

“我遇到了个问题。”

“你?”他说，“你怎么可能会有问题，你一直待在馆里？是不是禁闭关久了，脸开始脱皮了?”

“不是，”我说，“我的女朋友怀孕了。”

“中！大！奖！了！”因为福斯特笑得太厉害，我们的对话不得不暂停了一会儿。他的笑声似乎穿越了几百英里，我的电话亭都抖动起来。

他终于停下笑：“看来你在图书馆真的很努力工作。什么时候授精也成了图书馆的服务项目了？女朋友，哈？怀孕了，哈？中大奖喽孩子!”

他又开始笑起来。今天遇到的每个人都笑个不停，除了我。

“好吧，你需要什么?”他问，“去蒂华纳旅行一趟？去找我那朋友，那个堕胎专家加西亚医生?”

“差不多吧。”我说。

“好，我先吃几杯酒作早餐，”他说，“一会儿就开车去你那儿，今晚晚些时候到。”

“好的，”我说，“我需要你。”

电话那头短暂地停顿了一下。

“你没有钱，是吧，孩子?”福斯特问。

“你在开玩笑吗?”我说，“我哪儿会有钱？这是世界上报酬最低的工作，根本不给钱。我还得向我的女朋友借钱打这个对方付费的电话呢。”

“我可能酒还没醒。”他说，“不知道自己咋想的，我可能昨晚把所有的钱都拿去买酒了，也有可能是上周把钱花完的？反正我现在一分钱也没有。完了，我用完了!”

“那我吃什么?”我想他应该也花掉了我的饭钱。

“她长得怎么样呀?”福斯特问，“是不是得在刮沙尘暴时，等到半夜点个蜡烛才敢看。”

“什么意思?”我说。

“我会带钱来的，”他说，“让那位好医生办事得花好几百。他有时还会敲你一笔，商人的本色，但把两百块钱塞到他手里就能办成事儿。

“咱算算啊，你需要飞机票钱、外出的费用，可能还需要订个酒店。她看了加西亚医生后得有地方休息。

“我去趟酒吧看能不能从几个哥们儿的口袋里掏出点儿值钱的。你等着，孩子，今天晚些时候我就到，我们这就开始行动。

“没想到你也有这本事，孩子。替我跟你的小女朋友问好，告诉她一切都没问题，福斯特这就来喽。”

手淫

福斯特那家伙！我又走回图书馆。到图书馆时刚好有人走出来。那是位年轻男孩，可能只有十六岁。他看起来非常疲惫和紧张，从我身边匆匆走过。

“感谢上帝，亲爱的，你没有迷路，”维达说，“我怕你找不到回这里的路，担心死我了。能再见到你真是太好了，亲爱的。”

她从桌子后面出来，大步流星地走到我面前，给了我一个长长的热吻。自去年下半年的那个夜晚她来到图书馆以后，她大约80%的笨拙与尴尬已经消失了，剩下的20%变得尤其迷人。

“电话打得怎么样？”她说。

“很好，”我说，“这是你的零钱。福斯特正在南下的路上，今天晚些时候会到。”

“好，”她说，“赶快结束吧。做堕胎手术我可不想拖太久，现在就开始真是太好了。”

“我也是。福斯特认识一位很好的医生。”我说，“一切都会没事的。福斯特会处理好一切。”

“很好，非常好，”她说，“钱有问题吗？我有——”

“不，不，”我说，“福斯特会搞到钱的。”

“你确定吗？因为——”

“不，我确定。”我说，“刚走的那个男孩是谁？”

“一个来送书的孩子，”她说，“我以最饱满的精神面貌欢迎了他，还用最认真的笔迹在图书馆内容分类簿上记录下来。”

“哇，”我说，“我都有好几百年没收到书了。”

“哦，亲爱的，”她说，“就算你喜欢扮老，你也没有那么老。不过如果你一直用这种思维模式思考，就会有老人味儿的。”

她再次吻了我。

“我看看是怎么个事儿。”我说。

“看什么？你的老人味儿？”她说。

“不，是那本书。”

她站在原地，笑着看我走到桌子后面，打开图书馆内容记录簿。我读道：

《我手的另一面》，小哈洛·布莱德著。这位作者大约十六岁，却有着超过他年龄的悲伤。他在和我面对面时非常害羞。可怜的孩子，他一直用眼角偷偷地瞄我。

最后他说：“你是图书管理员吗？”

“是的。”我说。

“我以为会是个男的。”

“他出去了，”我说，“所以只能由我代劳。我很友善的。”

“你不是男的。”他说。

“你叫什么名字？”

“什么？”

“请问你的名字是什么？我得在图书馆内容分类簿上登记之后才能收下你的书。你有名字，对吧？”

“有的。小哈洛·布莱德。”

“那你的书讲的是什么内容？我也需要记录这个。只要告诉我它讲的是什么，我就会在内容分类簿上记录下来。”

“我以为会是个男的。”他说。

“请问，你的书讲的是什么内容？”

“……手淫。我走了。”

我想对他把自己的书交给我们表示感谢，也想告诉他可以把书放在图书馆里任何一个地方，但他什么也没说就走了，可怜的孩子。

这个图书馆是个奇怪的地方，但我猜这也是唯一能存放作品的地方。我也把我的书放到了这里，我也留在了这里。

维达轻手轻脚地走到桌子后面，和我站在一起。她从背后环抱着我，越过我肩膀，朗读了那条记录。

“我觉得我写得相当不错。”她说。

天，桌子上躺着另一位图书管理员的笔迹。

这是多年来我第一次没有亲自欢迎并登记的书。

我回头看了维达一眼。我的眼神一定透露了我心里什么奇怪的想法，因为她回应：“哦不。不，不，不……”

福斯特

福斯特在半夜的时候到达，彼时我和维达正在房间里坐着喝咖啡，聊着一些轻松琐事。这些话题在我们以后的日子里再也不会被记起，但或许在我们生命的黄昏时分又会回想起这一刻。

福斯特从来不按前门的门铃。他说，那让他觉得自己像是走进了教堂。而他已经受够了教堂，教堂足以让他回味一生。

砰！砰！砰！他只会用拳头捶门。不过我总能听到他，也总担心他会打碎玻璃。福斯特的存在感极强，没有人能忽略或者忘记福斯特。

“什么声音?”维达说，吓得从床上跳了起来。

“那是福斯特。”我说。

“听起来像头大象。”她说。

“他可讨厌大象了。”我说。

我们走出去，进到图书馆正厅，打开了灯。福斯特就在门的另一边，还在用他的大拳头砸着门。

他脸上挂着灿烂的笑容，身穿他那件标志性的T恤。他从不穿衬衫、外套或毛衣。不管天气如何变化，无论是严寒还是风雨，福斯特总是只穿他的T恤衫。他依旧汗流浃背，浓密的金发几乎垂到了他的肩膀。

“你好呀！”他说道，声音洪亮，轰隆隆地穿过玻璃门就像透过餐巾纸一样轻松，“里面在干什么呢？”

我为他开门，看到门前停着他的面包车。那车又大又怪，看起来像一只在图书馆前睡着的史前巨型生物。

“怎么样，我来了。”他说着，搂过我的肩膀给了我一个大大的拥抱。他另一只手拿着一瓶威士忌，威士忌已经喝了一半了。

“孩子，最近怎么样！不要慌，福斯特来了。嘿，你好啊！”他对维达说，“哇，你怎么这么漂亮！天啊，我开车来这里真是来对了！每一英里都值得。我的天哪，小姐，你太美了，我愿意在寒冷的早晨赤脚走十里路，只为了沾沾您的光。”

维达咯咯笑起来，脸上挂着灿烂的笑容。我知道她一眼就喜欢上了他。

真不容易，经过这几个月我和她的共同努力，她的身体如今已经很放松了。她还保留了一些笨拙，但她不再把它当作一种障碍，而是把它当成一种如诗般美好精妙的东西，实在是迷人至极。

维达过来，搂住了福斯特。他也给了她一个大大的拥抱，并递给她自己手里的威士忌酒瓶，让她喝一口。

“对你有好处。”他说。

“好吧，我试试看。”她说。

他装模作样地用手擦了擦酒瓶口，递给了她，她尝了一小口。

“嘿，孩子。你也尝尝，这玩意神奇得能让这儿的书开出花来。”

我喝了一口。

那滋味！

“你这威士忌哪里来的？”我问。

“我从一个死掉的印第安人那儿买的。”

微妙的拉扯

“带路吧。”福斯特说。

他搂着维达，这哥俩好得就像豆荚里的两粒豌豆一样。看到他们相处得这么好，我也很高兴。我们回到我的房间里休息，并为去蒂华纳制订计划。

“我怎么现在才遇到你，你之前都在哪儿啊？”福斯特问。

“你可找不到我（反正不在保留区）。”维达说。

“你可真会说话！”福斯特说，“你在哪儿遇到这个女孩的？”

“她自己来的。”我说。

“我也应该在图书馆工作，”福斯特说，“不该待在北边的洞穴。我真是走错了地图。你是我这辈子见过的最美丽的人儿了。我的天，你甚至比我母亲的照片还要漂亮。”

“这是威士忌的功劳，”维达说，“透过琥珀色的液体看我总是更好看的。”

“该死，是因为威士忌。你可别小瞧我的 86 度酒。我应该接管这个图书馆，你们俩就去山洞里面住着，给那些该死的书都擦擦干净。那里其实挺好的，但别跟任何人提你认识我。在那里，福斯特老哥和耶稣基督一样不受待见。这些日子我都靠出卖自己的色相乞讨过活。”

蒂华纳旅行计划

我们回到房间，一起坐在床上喝威士忌，商量去蒂华纳的行程。我一般不喝酒，但人生遇到现在这样的情况，喝一点酒可能更好。

“所以，需要安排一场人流小手术，对吧。”福斯特说，“你想好了吗?”

“想好了。”我说，“聊过了，我们决定就这么做。”

福斯特望向维达。

“是的，”她说，“我们现在要孩子还太早了，还弄不明白怎么养孩子，这对孩子也不好。生而为人已经够难的了，更何况还要有一对不成熟又迷糊的父母。是，我打算堕胎。”

“那好吧，”福斯特说，“放宽心，我知道一个好医生，加西亚医生。他不会让你受伤，也不会有任何并发症。一切都会好的。”

“我信你。”她说。

维达伸手握住了我的手。

“行程很简单，”福斯特说，“你们坐飞机过去，明天早上八点十五分就有一班飞去圣迭戈的。我已经给你们两个买了往返票。我也打电话给医生了，他会在那儿等你们。你们将在中午之前到蒂华纳，整个事情很快就会结束。

“如果你觉得身体情况允许，晚上就可以坐飞机回来。你们也可以在那里过夜，反正我已经在格林酒店为你们预订了房间。我认识那里的经理，他是个好人。手术后你会感到有些虚弱，所以你可以自己决定要不要留宿。如果感觉不好，觉得头晕，就别勉强，留在酒店过夜。

“有时候加西亚医生对堕胎手术会瞎要价，但我跟他说了你们要来，你们只有200美元，没有更多了。他说：‘好的，福斯特，没问题。’他的英语说得不是很好，但他人非常好。他是个正规医生，去年帮了我一个大忙，解决了那个印第安女孩的事。你还有别的问题吗，或者有别的需要吗？天哪！你真是个美女。”

他给了维达一个友好的拥抱。

“我想你已经说得很全面了。”我说。

“维达?”他说。

“我想不到别的什么了。”

“图书馆怎么办?”我说。

“什么怎么办?”福斯特说。

“谁来看图书馆？必须有人留在这儿。这是图书馆很重要的一部分。必须有人全天候在这里迎接书籍。这是图书馆的基本原则。我们不能直接闭馆，必须保持营业。”

“你是让我来?”福斯特说，“哦，不。我是山顶洞人。你得找别人。”

“但必须有人待在这儿。”我紧盯着他，说道。

“哦不。”福斯特说。

“但。”我说。

维达觉得我们的对话非常好笑。我意识到维达对图书馆并没有我这么强的感情。我能理解我看重的是一个非常奇怪的事业，但这是我必须做的事情。

“我是管山洞的。”福斯特说。

“这是我们的工作，”我说，“我们被雇来就是干这个的，必须看守这个图书馆，服务需要它的人们。”

“我还想说呢，”福斯特说，“他们支付工钱也太慢了，我两年没拿到过工资了。我应该一个月赚 295.5 美元的。”

“福斯特！”我说。

“我开玩笑的，”福斯特说，“就是个小幽默。来，再喝点威士忌。”

“谢谢。”

“维达要不要？”福斯特问。

“好的，”她说，“再来一小口吧。喝了这个让人很放松。”

“这是印第安人用的镇静剂。”福斯特说。

“你应该在我们去墨西哥手术的这一两天帮忙照看这个地方，”我说，“工作一天不会要了你的命。你已经好多年没正经服务过了。”

“我在山洞有自己的工作。”他说，“把书搬到那里，然后归置、保护它们，确保洞穴渗水不会打湿它们，这是很重要的工作。”

“洞穴还会渗水！”我惊恐不已。

“你别管，”福斯特说，“我不想深入讨论这个。但我同意留在这里照看图书馆直到你们回来。我不想做，但为了你们我会做的。”

“洞穴还会渗水？”我又问一遍。

“我在这里需要做什么？”福斯特说，“该如何接待那些带书来的疯子们？你们平时都做些什么？再喝点酒，好好教教我吧。”

维达对发生的一切感到非常好笑，她确实很漂亮。我们都躺在床上，气氛非常轻松。威士忌让我们的身体轮廓和思维的轮廓都变得模糊不清。

“这真是太开心了。”维达说。

福斯特接待的第一位女性

“什么声音?”福斯特说，差一点坐了起来。

“是门铃响了，”我说，“有人带着新书来图书馆了。我给你示范我们是如何接待新书入馆的。我会用‘欢迎它’这种说法。”

“听起来像殡仪馆，”福斯特说，“可恶，现在几点了?”福斯特抬头四处看了看房间，“我明明听到钟在嘀嗒响。”

我看了看钟。福斯特看不到是因为他躺在床上。

“过午夜了。”

“这么晚还带书来，是不是有点晚了？午夜?十二点。”

“我们一周七天，每天二十四小时开放，从不闭馆。”我说。

“我的老天!”福斯特说。

“你懂我了吗?”维达说。

“太懂了,”福斯特说,“这孩子应该放松放松。”

然后他看向维达,以一种经典的、标准化的男性方式赞扬她,既不露骨也不下流,表达了他对眼前人的喜欢。

维达微笑着看着他,嘴部却没有任何动作。即使是在微笑,嘴部也没变化。我觉得我们以前讨论过这个问题。

她已不是几个月前带着书来的那个她了。她已经带着她的身体变了一个人。

“好吧,”福斯特终于应下这份工作,“好吧,我出去看看是谁带书来了。咱也不想让她,我是说,他们等着。外面很冷。”

福斯特这辈子从未在意过寒冷,所以他这会儿怕是醉了,他的想象力开始全速运转。

“你出去做什么?”福斯特说,“我自己去处理。你们俩可以坐在这里休息。福斯特老哥在场,所有人都得舒服地休息。我自己会接待那本书。而且如果我要在你们去蒂华纳的时候看着这个疯人院，我肯定得弄清楚这到底怎么弄。”

维达咧开嘴笑了，你可以看到她牙齿完美的下缘。她的眼睛里有友好的微光在闪烁。

我也在微笑。

“你在柜台都有些什么工作？把书的标题、作者的名字还有关于这本书的一点信息写进那个黑色大内容分类簿里，对吧？”

“没错，”我说，“而且你还得提供友好的服务，很重要的一点是让那位客人和送来的书感到宾至如归，这是图书馆的主要使命，用令人愉悦的方式收集那些不受欢迎的、有文采的、有收藏价值的美国文学作品。”

“你别开玩笑了，”福斯特说，“你肯定是在开玩笑。”

“别这样，福斯特，”我说，“不然我又要提‘洞穴渗水’了。你知道的，‘洞穴渗水’。”

“好吧。好吧。好吧，你这个疯子，”福斯特说，“我会好好表现的，而且谁知道呢，我也许也想好好表现。我又不是个坏人。你想啊，我有很多朋友。他们嘴上不承认，但我其实在他们心中地位可不低。”

门铃仍在响，但声音越来越弱，必须得有人去接待了。福斯特下了床，用手理了理他那头像水牛鬃毛一样浓密的金发，作为成为图书管理员的仪式。

空白如雪

这会儿福斯特进图书馆去迎接他的第一本书，维达和我继续躺在床上，小口小口地喝着他慷慨留下的威士忌。喝了一会儿，维达和我已经瘫软，成为两片可以任人摆布的雏菊花田。

有那么一会儿，我们失去了对时间的感觉。福斯特冲进房间，非常愤怒，宽松 T 恤上浸满汗水。

“你们去南方的这段时间，最好还是把这个疯人院关了！”他一边索要威士忌一边说，“说句实话，应该把这个该死的地方永远关掉。大家各回各家各找各妈，如果他们还有妈的话。”

福斯特狼吞虎咽地喝下一大口威士忌。威士忌下肚，他做了个鬼脸，身体也跟着一抖。

“感觉好多了。”他边说边用手擦着嘴。

“发生什么了?”维达问，“看来我们忘记给你打预防针了。”

“可不是嘛，再来点酒!”福斯特把那瓶酒当作一个能抚慰伤痛的手。

“你没吓到他们吧，”我说，“那可有违图书馆的初衷。我们服务他人，而不是要求别人做什么。”

“吓到他们? 开玩笑啊小伙子，完全不是你想的那样。妈的，我本来很擅长和人打交道的。”

“到底发生了什么?”维达又问了一遍。

“好吧，我出去以后发现来的人出乎意料，我是说，他们站在外面——”

“是谁?”维达问。

“一个女的?”我揶揄道。

“不重要，”福斯特说，“不要打断我! 是的，外面是个女的，但我对‘女的’这个词持保留意见。是她摇了门铃，胳膊下夹着一本书，所以我开了门。这是我犯的第一个错误。”

“她长什么样?”我问。

“那不重要。”福斯特说。

“别这样嘛，”维达说，“跟我们说说。”

福斯特没有理我们，继续绘声绘色地讲述他的经历：“我打开门，她张嘴就问，‘你是谁?’她的声音听起来就像车祸现场，语气十分强硬。什么人啊!

“‘我叫福斯特。’我说。

“‘你看上去不像我见过的任何一个叫福斯特的，’她说，‘我觉得你叫别的名字，你不是福斯特。’

“‘那就是我的名字，’我说，‘我一直都叫福斯特。’

“‘哈！随便你吧。我的母亲在哪儿?’她很严厉地问。

“‘你的母亲是什么意思？你年纪太大了，不像有妈的样子。’我已经不想迁就这个疯子了，所以故意气她。

“‘你是打算把那本书送来吗?’我问。

“‘那他妈的不关你的事，你这个假福斯特。

她人在哪儿?'她问。

"'晚安。'我说。

"'晚安是什么意思?我哪儿也不去。我就待在这儿,除非你告诉我我母亲的事。'

"'我不知道你的母亲在哪儿,说实话,引用克拉克·盖博在《乱世佳人》中的台词,我一点也不在乎。'

"'你说我母亲是克拉克·盖博!'她说着,一个巴掌挥过来想要打我。这可是底线了,她手刚挥过来的时候我就抓住了她的手,给她转了个圈,推出了门。她像垃圾桶一样滚出了图书馆。

"'放我母亲出来!'她喊道,'我的母亲!我的母亲!'

"我准备关上门,但又感觉这一切有些梦幻,我不知道是该醒来还是该揍那个婊子。

"她朝玻璃扑了过来威胁我,我只好又出去,把她送下楼。路上有点小冲突,但我抓着她的胳膊稍稍用了点力,她就冷静下来了。于是我很绅士地提出,如果她不用她那衣架子般的细腿沿着这条街头也不回地离开，我随时会扭断她的小鸡脖子。

“我走之前，她还在大喊：‘我罪不至此啊，我为什么要这样发疯，我为什么会这么痛苦，为什么说这些话。’她一边撕着她的书，一边像新娘在婚礼上一样把碎纸抛到空中。”

“像婚礼上的新娘？”维达说。

“就扔花瓣那样。”福斯特说。

“哦，我没懂。”她说。

“我也不懂。”福斯特说，“我走过去捡了一些碎纸，想看看它到底是什么书，但那些纸上什么也没有写。像雪一样一片空白。”

“有时候就会这样，”我说，“会遇到一些精神状态不佳的作者，但大多数时候他们都很安静。只需要耐心对待，在图书馆内容分类簿上登记书的作者名、书名还有一点点简介，然后叫他们随自己喜好把书放在图书馆里任意地方。”

“那对这本书来说，很简单。”福斯特说。

我开口说话——

“简介。”福斯特说。

我开口说话——

“像雪一样，一片空白。”福斯特说。

面包车

“我睡我车里。”福斯特说。

“不用，这里有地方给你住。”我说。

“请在图书馆住下来吧。”维达说。

“不，不用，”福斯特说，“我在车里更自在。我总在那儿睡觉，车里有一个小床垫和一个睡袋，舒服得很，我睡得就像猪一样。

“不用麻烦了，就这么决定了，睡哥们儿的面包车里。你俩小子好好睡个觉，明天还得早点去机场。我开车带你们去。”

“不，不能这样。”我说，“我们坐公交车去，你必须留下来看图书馆。你还记得吗？我们不在的时候，图书馆必须一直开放。你必须在我们回来之前一直待在这里。”

“我可说不好，”福斯特说，“刚经历这一场风波，我真的不确定。你不能找中介让他们派个人来工作吗，就像临时工派遣那样的？操，我愿意自己掏腰包，让他们看着图书馆，我去北滩看脱衣舞表演去。”

“不行，福斯特，”我说，“我们不能把这个图书馆随便交给别人。我们不在的时候你必须留在这儿。我们不会离开很久的。”

“你就哄哄他吧，福斯特。”维达说。

“好吧。不知道下一个疯子会带什么书来。”

“别担心，”我说，“那个人就是个例外。我们不在的时候，一切都会顺利的。”

“可说呢。”

福斯特准备出去，“来，再喝一口威士忌，”福斯特说，“我要把瓶子带走。”

“明天什么时候起飞？”维达说。

“八点十五，”福斯特说，“小屁孩不会开车，又想让我留下来照看他的疯人院，所以你们只能坐公交车去。”

“我会开车。”维达说，看起来平静美丽，又年轻。

“你会开面包车吗?”福斯特问。

“应该会吧,”她说,“我曾经在蒙大拿的一个牧场上度夏,那时开过卡车和皮卡。我能开任何有四个轮子的东西,跑车,任何东西。我甚至还开过校车,带孩子们去野餐。”

“面包车不一样。”福斯特说。

“我还开过马拉货车。”维达说。

“这不是马车。”福斯特说,甚至有一点点生气,“我的车里从来没进过马!”

“福斯特,”维达说,“别生气,亲爱的。我只是想说我能开。我能开各种车,从没出过事故。我只是想说我是个好司机。你的车很好。”

“它确实不错,”福斯特说,情绪似乎被安抚了,“嗯,应该没什么问题,而且开车比坐公交车要快多了,你们还能早点回来。你们会有一段顺利的旅程。公交车可不行。你可以就把车停在机场外面,我想我在这个疯人院里工作时不会用到车。你当然可以开走,但开车要小心。它是全世界独一辆的面包车，我的面包车，我爱它。”

“别担心，”维达说，“我也会爱惜它的。”

“一言为定。”福斯特说，“我该出去睡觉了。你们还要来点威士忌吗?”

“不，我们喝够了。”我说。

“好的。”

“你需要我们叫醒你吗?”维达说。

“不，我能起来。”福斯特说，“我想什么时候起来就能什么时候起来，准确到分钟。我脑子里有个闹钟，总能叫醒我。哦，我差点忘了告诉你们一件事，明天别吃早餐。早餐不符合术前须知。”

约翰尼·卡什

福斯特去车里过夜了，我们开始准备第二天的事情，因为明天醒来时我们不会有太多时间准备。

维达在图书馆里的衣服足够多，省得回家一趟。她住的地方其实就在一个街区外，但我也从未去过。曾经我也对她的家好奇，让她给我描述她家。

“我住的地方很简约，”她告诉我，“没有太多东西，有一个架子，架子上有几本书；有一块白色地毯；地上还有一张大理石小桌子。我还有一些立体声唱机的唱片：披头士、巴赫、滚石、飞鸟乐队、维瓦尔第、旺达·兰多芙斯卡、约翰尼·卡什。我不是垮掉的一代，只是我认为自己身体拥有的已超过我实际所需，所以一切从简。”

她为我们拣了几件衣服，收进一个旧的荷兰皇家航空公司的包里，还带上了我们的牙刷和我的剃须刀，以防我们要在圣迭戈过夜。

“我从没做过人流。”维达说，“我希望我们不需要在圣迭戈过夜。我曾去过那里一次，我不喜欢那儿。那儿有好多饥渴的海员。而且那里的风格，要么就是冰冷肃杀，要么就是廉价的霓虹灯，不是一个好地方。”

“别担心，”我说，“我们见机行事，如果一切顺利，我们明天晚上就回来。”

“听着不错。”维达说，收拾好了简简单单的行李。

“好吧，亲爱的，我们亲一下就去睡觉吧。得多休息休息，”我说，“咱俩都累了，而且明天早上得早起。”

“我明早需要泡个澡，里里外外洗干净。”维达说，“还要在耳朵后面涂一点香水。”

我把维达搂在怀里，紧紧地拥抱着她如同叶子与花朵一般的躯体。她也以同样的方式回应我，轻柔得像一束精致纤细的花。

然后我们脱掉衣服上床。我关了灯，她问：“你定好闹钟了吗，亲爱的？”

“哦，我忘了，”我说，“我起来弄。”

“麻烦你了。”她说。

“不麻烦，这是我本该记得的事情。你想几点起？六点？”

“不要吧，最好定五点三十。我想在福斯特醒来之前处理好我的‘女人的麻烦’，这样我就能为大家做一顿美味的早餐。这将是漫长的一天，我们需要吃饱喝足再出发。”

“女孩不是专做早饭的，术前也不能吃饭。”我说，“福斯特说过的。”

“哦。哦，对，我忘了。”维达说。

我们对这境遇沉默地纠结了片刻，然后在黑暗中相视而笑。虽然看不见彼此的笑容，但我们心里彼此懂得。就像数千年来遇到困境的人们一样，一个黑暗中默契的笑容最是抚慰人心。

我起身开了灯，设了五点三十的闹钟，维达

仍然在笑。现在再对命运感到悔恨或哭泣显然是太晚了，我们已经注定被墨西哥的人流裹挟。

“天才”

维达坐进浴缸里的样子一点都不像怀孕了，她的腰仍然纤细无比，简直就是天才之作，我有时都不明白她的肠子怎么可能有足够的空间来消化任何比饼干或浆果更大的食物。

她的乳房既挺立又细腻，乳头微微湿润。

她在进浴缸之前煮了一壶咖啡，我站在那里，一边看着咖啡机咕嘟，一边从开着的浴室门外看着她洗澡。她梳起了头发，固定在头顶上。发丝静静地贴在她颈项上，那模样很美。

我们俩都累了。但事态如此紧急，我们却没有那么紧张，反而进入了一种平静的震惊中，这种状态能让我们做好一件又一件小事，小步前进，直到完成最后的大工程。

我觉得我们有能力将生活调整为一种“活在

当下”的新模式。这样在面对一些突发的困难状况时，就可以平静地走下去。

就像话剧演员一样。

我在看咖啡咕嘟和看维达洗澡之间来回。这将是漫长的一天，但幸运的是我们将一分一秒地到达终点。

“咖啡好了吗?”维达问。

我闻了闻像云朵一般从壶嘴上升起的水雾，它们带着浓重的咖啡香气。维达教会我如何闻咖啡香，这是她煮咖啡的秘诀。

我是喝速溶咖啡的人，但她教会了我如何煮真正的咖啡，这是一件好事。这么多年我是干什么去了，竟然把咖啡等同于一种速溶粉末?

我看着咖啡咕嘟咕嘟，想了一会儿怎么煮咖啡。这感觉多么奇怪啊，当遇到困境，生活中那些简单普通的小事仍是按部就班地进行着。

“亲爱的，你听见我说话了吗?”维达说，“咖啡。别发呆了，亲爱的，快去看看咖啡。咖啡好了吗?”

“我在想别的事情。”我说。

福斯特的铃铛

维达穿上了一件简单却十分漂亮的白色衬衫，搭配一条蓝短裙——你一眼就看到她膝盖上的大腿，外面还套了一件可能是毛衣的衣服。我一直不太擅长描述服饰，可能有点让人不知所云。

除了眼妆，她脸上再没有其他妆容。她的眼睛看起来深沉且湛蓝，是 20 世纪 70 年代最后几年里符合大众审美的双眼。

我听到图书馆门口的银铃响起，它发出警铃一样的动静，像是被吓坏了一般大声呼救着。

是福斯特。

福斯特从来都不喜欢那个铃铛。他总是说那个铃铛是娘娘腔的玩意儿，想要亲自找个铃铛挂上。我开门让他进来时，他还在继续这个话题。我打开门，他站在那里，手里还拽着铃绳。但他没有再摇铃了。

天还是黑的，福斯特身穿他亘古不变的T恤，野牛般浓密的金发披在肩上。

“你们真该听我的建议，”他说，“把这该死的铃铛扔了，让我来挂一个真正的铃铛。”

“我们不想铃铛吓到人。”我说。

“你说吓到人是什么意思？铃铛怎么可能吓到人？”

“我们需要一个符合我们服务气质的铃铛，与图书馆融为一体。我们需要一个温柔的铃铛。”

“就不能是奔放的铃铛，是吧？”福斯特说。

“我不会这样说。”我说。

“他妈的，”福斯特说，“这铃铛的声音就像菜市场里的一个该死的娘娘腔。你到底在这里经营什么？”

“你别管了。”我说。

“嗯，我只是为你着想，孩子。”他伸手轻拍了一下铃铛。

“福斯特！”

“这他妈的，”福斯特说，“罐头和勺子都能当个铃铛。”

“你怎么不说用叉子和刀子再加碗汤，福斯特？还可以来点儿土豆泥和肉汤，外加一个火鸡腿，怎么样？那不也能当铃铛吗？”

“算了算了，”福斯特说，他伸手再次轻拍了一下铃铛，“再见，亲爱的。”

简述蒂华纳

维达给我和福斯特做了一顿美味的早餐，但她自己没吃，只喝了些咖啡。

“今天早上你依旧很美。”福斯特说，“像一场我从没做过的梦。”

“你肯定对所有女孩都这么说。”维达说，“我看得出你是个老手。”

“我确实交过一两个女朋友。”福斯特说。

“再来杯咖啡吗?”维达问。

“嗯，再来一杯。真是好咖啡。这儿肯定有人懂咖啡豆。”

“你呢，亲爱的?”维达问。

“当然。”

“这杯给你。”

“谢谢。”

维达坐了回来。

吃完早餐后，福斯特说：“嗯，你知道你要做什么了。不用担心。加西亚医生是位出色的医生。不会疼也不麻烦。一切都会非常顺利。你知道怎么去那儿。离镇上主街就只有几个街区的距离。

“医生可能会想多要点钱，但你要坚持原价，说，‘嗯，加西亚医生，福斯特说是 200 美元，我们就带了这么多，给你。’然后从口袋里拿出来。

“他会看起来有点紧张，然后他会拿走钱，数也不数就放进口袋里，然后他就会是世界上最好的医生。你要信任他，按他说的做，放松，一切都会好的。

“他是位了不起的医生。他为很多人解决了很多麻烦。”

略议图书馆

“……”我说。

“我保证不会拿下你那银色小铃铛，换上一个带勺子的铁罐，尽管那才是最适合这个疯人院的。你见过那种吗?”福斯特说。

“……”我说。

“对此我感到非常抱歉。它的声音真的很好听。令人神清气爽，心旷神怡。”

“……”我说。

“真是太遗憾了。”福斯特说。

“……”我说。

“我不知道你是这样想的。”福斯特说。

“……”我说。

“别担心，我不会弄坏图书馆的一块砖头。我会像对待小孩的生日蛋糕那样对待你的图书馆，就像从面包店把那个小黄盒子抱回家一样，绝不会用绳子拎着，那样太危险了。

“我还得小心前面的那条狗。它可能会咬我，那蛋糕不就掉地上了。哦，我已经走过去了。真是条好狗。

“哦，哦，又有个小个子女士走过来了。可得小心点儿。她可能会心脏病发作，在我面前晕倒，那我就会被她绊倒。我会一直盯着她。看，她走过去了。一切都会好的。你的图书馆是安全的。”福斯特说。

“……”维达笑着说。

“谢谢你，亲爱的。”福斯特说。

“……”我说。

“我爱这个地方。”福斯特说。

“……”我说。

“我会像对待神圣的鸡蛋壳一样对待你的作者们，绝不会打他们。”福斯特说。

“……”维达笑着说。

“哦，亲爱的，你太好了。”福斯特说。

“……”我说。

“别担心，孩子。我知道我该做什么，我会尽力的，这我能保证。”福斯特说。

“……”维达说。

“确实如此，他也不老。他还是个孩子呢。”福斯特说。

“……”我说。

“我想我从没喜欢过山洞里的平静和自在，直到现在，孩子，你为我打开了一个全新的世界。我应该跪下来，全心全意地感谢你为我所做的一切。”

“……”我说。

“啊，加利福尼亚!”福斯特说。

福斯特的心

福斯特非要帮我们把包拿到车上。天色微明，尽管我们都觉得早晨有点冷，但福斯特穿着T恤忙得满头大汗。

在我认识福斯特的这些年里，从未见过他不出汗的模样。这可能是他宽广的心胸所致。我觉得他的心脏得有哈密瓜那么大。有时候我会想着福斯特的心脏入睡。

有一次，福斯特的心脏在我的梦中出现。它在一匹马背上，这匹马走进一家银行，而那家银行正从一朵云上坠落。我看不见是什么推银行下来的，但想到有什么会把一个带着福斯特的心脏的银行从云上推下来，看着它穿过整片天空坠落，真有意思。

“你们的包里带了些什么?”福斯特问，“怎么这么轻，里面是不是什么都没有。”

他跟着维达，维达带着一种愉快的笨拙走在前面，看起来如此赏心悦目，遗世独立，仿佛独自沉浸在某种精神修行中。

“别打听，那是我们的秘密。”维达说，没有回头。

“你们会有一天去我的兔子洞玩吗?”福斯特说。

“当你的兔女郎?”维达问。

“我猜你听过这招了。”福斯特说。

“我听过所有的招数。”维达说。

“那肯定。”福斯特说，干净利落地从天空坠落。

维达与面包车的初遇

人行道上还有昨晚那位女士留下的白纸碎片，它们看起来非常孤单。福斯特把我们的小包放到了车上。

“你们的包放车里了。你真的会开这车吗?”福斯特说，“这可是辆面包车。”

“是的，我知道怎么开面包车。我会开任何有轮子的东西，甚至开过飞机。”维达说。

“飞机?”福斯特说。

“几年前的夏天我在蒙大拿飞过一次，很好玩。”维达说。

“你看起来不像会开飞机的类型，”福斯特说，“几年前你还在摇篮里吧。你确定你不是玩的毛绒玩具?”

“别担心你的车。”维达将对话从天空拉回

地面。

“你开车当心些，”福斯特说，“这车有自己的脾气。”

“交到我手里肯定安全，”维达说，“天啊，你对面包车跟他对图书馆一样。”

“妈的，你说得对。”福斯特说，“好吧，我已经嘱咐过该做什么了，现在最好让你放手去做。我会在这里看着这家疯人院等你们回来。我想我不会太无聊的，毕竟有了昨晚遇到的那位女士做示范，这里发生的事情肯定不会太无聊。”

地上又有些白纸片。

福斯特给了我们俩一个友好、安慰的拥抱，好似想告诉我们一切都会好起来，他晚上就能再见到我们。

“好吧，孩子们，祝你们好运。”

“非常感谢。”维达说，转身在福斯特的脸颊上亲了一下。他们环抱着对方，脸贴着脸，用一种这些年来经典的父女拥抱的方式，带着一丝决绝。

“上车吧。”福斯特说。

我们上了车，突然再次坐进车里给我的感觉有些奇怪。车的金属蛋壳质感让我非常惊讶。从某种程度上来说，我不得不重新适应20世纪。

福斯特站在路边，仔细地观察着维达摆弄面包车。

“准备好了吗?”她转向我，脸上带着一丝笑意。

“当然，已经等不及了，”我说，“我感觉自己坐在时光机里。”

“好的，”她说，“放心吧，我知道自己在做什么。”

“好的，”我说，“我们走吧。”

维达像是天生就懂仪表板、方向盘和踏板。她熟练自如地启动了面包车。

“听你的。”维达说。

福斯特对她的表现感到满意，朝她点了点头，表达了对她的认可，又给了她一个出发的信号。就这样，我们启程去拜访加西亚医生，就在今天。他正在墨西哥蒂华纳等着我们。

第四部

蒂华纳

高速路上的行者

我已经忘记了如何在旧金山的大街小巷中找到通往高速公路的路。说实话我已经完全忘了旧金山长什么样。

再次外出，再次乘坐车辆旅行，对我来说确实是意料之外。已经过去三年了。我的天哪，当我走进图书馆时我才28岁，现在我已经31岁了。

“这是什么街?”我问。

“分水岭街。”维达答道。

“啊，对，”我说，“没错，是分水岭。”

维达用同情的眼神看着我。我们在一个做鸡肉和意大利面的地方等红灯。我不记得旧金山还有这样的地方。

维达从方向盘上腾出一只手，轻轻拍了拍我的膝盖。“我可怜的隐士。”她说。

我们沿着分水岭街开着，看到一个男人在用水管清洗殡仪馆的窗户。他正在朝二楼的窗户喷水。这样情景并不常见，何况还是一大早。

然后维达转弯离开分水岭街，在附近街区兜了一圈。“橡树街，”她说，“你还记得橡树街吗？沿着这条路我们就能到高速公路，然后到机场。你还记得机场吗？”

“记得，”我说，“但我没坐过飞机。我和朋友们去过机场，送他们上飞机，但那是多年前的事了。飞机有变化吗？”

“哦，亲爱的，”她说，“这一切结束后，我得把你从那图书馆里弄出来。我觉得你在那儿已经待得够久了。他们该找找别人。”

“我不知道。”我说，试图转移话题。我看到一个黑人女性在橡树街推着一辆空的西夫韦超市购物车。我们一路上交通都非常顺畅。这让我既害怕又兴奋。我们即将到达高速公路。

“顺便问一句，”维达说，“你为谁工作？”

“什么意思？”我问。

“我是说，谁为图书馆付账?”她问，“运营那个地方需要钱，有各种开支……”

“我们不知道，”我答，打算蒙混过关。

“什么叫不知道?”维达说。看来装傻不管用。

“他们时不时给福斯特寄一张支票。他也不知道什么时候能收到，能收到多少。有时候他们给的钱也不够。”

“他们?”她继续追问。

我们停在一个红灯前。我东瞄西看了一番。我不喜欢谈论图书馆的财务架构。我不喜欢把图书馆和钱放在一起想。我只能去看一个黑人男的推着另一辆购物车送报纸。

“他们指的是谁?”维达问，“谁给的钱?”

“是一个基金会，我们不知道背后是谁。”

“基金会叫什么名字?”维达问。

我的回答还是不够。

“‘美国永恒’之类的。”

“‘美国永恒’之类的，”维达说，“哇，听起来像是用来避税的组织。你的图书馆肯定是能减免税。”

维达这会儿笑了。

“我不知道，”我说，“我只知道我必须在那里。那是我的工作。我必须在那里。”

“亲爱的，我觉得你可以找找新工作。一定还有其他你能做的事。”

“我能做很多事情。”我说，企图为自己辩白。

就在这时，我们冲上了高速公路。我的心虽有恐惧，但已飞上云霄，加入自由的鸟群。就这样我们汇入了车流，汇入了美国主流的自由思想之中。

这么多年没上过高速，不免让我感到害怕。我感觉自己像是一只从坟墓中被掘出的恐龙，被推到高速公路上和一颗颗金属果子赛跑。

“如果你不想工作，”维达说，“也许我可以负担我们的起居，直到你觉得想工作了，但你必须尽快离开那个图书馆。那里已经不适合你了。”

我望向窗外，看到招牌上有一只鸡拿着巨大的鸡蛋。

“我脑子里还装着其他事情，”我试图避开话题，“这个我们过几天再谈吧。”

“你不是在担心人流吧，亲爱的?”维达说，“不要担心，我完全信任福斯特和他的医生。此外，我的妹妹去年在萨克拉门托堕过胎，第二天就去上班了。她感觉有点累，但也不过如此了。所以别担心，人流是件相当轻松的事。”

我转头看着维达。她说完那番话后，一直盯着前方的道路，我们风驰电掣地驶出旧金山，驶过波特雷罗山，驶向在八点十五分等待着我们登机，计划在早上九点四十五降落在加州圣迭戈的飞机。

“也许等我们回来后，我们可以去洞穴住一段时间。”维达说，“很快就是春天了。那里应该很漂亮。”

“渗水。”我说。

“什么?”维达问，“我没听清。我在看前面那辆雪佛兰到底想干什么。你刚才说什么了，亲爱的?”

“没什么。”我说。

“反正,”她说,“我得把你从那个图书馆里弄出来。也许最好是全部舍弃,忘记洞穴,我们一起重新开始。也许我们可以去纽约,或者我们搬到米尔谷,或者在伯纳尔高地找个公寓,或者我回到加州大学拿我的学位,我们在伯克利找个小地方。那里挺好的。你会成为英雄。”

维达似乎更关心让我离开图书馆而不是担心堕胎。

“图书馆就是我的生活,”我说,“我不知道没有它我该怎么办。”

“我们能为你安排一个新的生活。”维达说。

我沿着高速公路的方向望向旧金山国际机场。它作为这片空间的中心枢纽,在晨曦中看起来像个中世纪的建筑,一座掌管着高速交通的城堡。

旧金山国际机场

维达将车停在了贝尼·布法诺和平雕像附近，那高耸的雕像笼罩在停着的一辆辆汽车上，就像一颗巨大的子弹，在那片金属的海洋中显得安详。它是钢制的，上面用大理石马赛克组成一个神色温柔的人像，似乎想要向我们倾诉一些什么。可惜，我们没有时间去倾听。

“好了，我们到了。”维达说。

“好呢。”

我背上包。我们早早地把车留在那里，如果一切顺利，晚上就能回来开走。面包车和旁边的其他车停在一起，看起来就像一头有点孤独的水牛。

我们走向航站楼。空气中弥漫着旅行的兴奋，里面充满了成百上千来来往往乘坐飞机的人。人们被困其中，我们也成了其中的一部分。

旧金山国际机场航站楼无比巨大，有自动扶梯、大理石装饰、赛博风格的设计，它想要为我们提供一些我们还不确定是否准备好接受的服务。这里也非常具有《花花公子》杂志风格。

我们“跨越”了进去。这么说是因为它实在太大了。我们从太平洋西南航空公司的柜台拿到了机票。柜台里有一对年轻男女。他们既形象美丽又干事利落。那女孩看起来即使不穿衣服也会很好看，但她看上去不太喜欢维达。他们胸前都别着个单边翅膀的徽章，像只残疾的鹰。我把我俩的票放进了口袋。

然后我要去洗手间。

“亲爱的，在这里等我。”我说。

洗手间是如此优雅，我觉得自己应该穿着燕尾服来尿尿。

我不在的这段时间，有三个男人搭讪维达。其中一个声称想要娶她。

距离飞机起飞还有大约四十五分钟，所以我

们去喝了一杯咖啡。再次置身于人群中真是别扭。我忘记了人类数量一旦多起来会变得多么复杂。

每个人都不出意料地看着维达。我从没见过一个女孩会吸引这么多注意。这正如她描述的一般，甚至更加严重。

一位穿着黄色外套的年轻英俊男子，就像一个该死的高级餐厅侍者，带我们去了一张旁边有大绿叶植物的桌子。他对维达非常感兴趣，尽管他努力不表现出来。

餐厅的基本主题是红色和黄色，年轻人的数量很多，碗碟碰撞的声音很大。我都不知道盘子能这么吵。

我看了看菜单，尽管我并不饿。我好多年没看过菜单了。菜单对我说早安，我也回了个早安。菜单上的字特别多，我可以对着它说一辈子话。

餐厅里的每个男人都在第一时间注意到了维达的美丽。女人们也是，以一种嫉妒的方式。她们的周围都泛起了一圈绿色的光晕。

一位身穿黄色连衣裙和可爱白围裙的女服务

员帮我们点了几杯咖啡，然后去备餐。她很漂亮，但在维达面前相形见绌。

我们望向窗外，看飞机来来往往。飞机将旧金山与世界相连，又以每小时 600 英里的速度离开。

有穿着白色制服的黑人男子戴着高高的白帽子做饭，但餐厅里没有黑人在吃饭。我猜黑人们早上不乘飞机。

女服务员端着我们的咖啡来了。她把咖啡放在桌子上就走了。她有着漂亮的金发，但这也无济于事。她带走了菜单：再见，早安。

维达肯定知道我在想什么，“这是你第一次目睹这些。在遇到你之前，我真的非常困扰。现在你知道了吧。”

“你有没有想过去拍电影或者在机场这种地方工作？”我说。

这把维达逗笑了，这一笑让一个大约二十一岁的男孩把咖啡全泼在了自己身上。漂亮的女服务员急忙拿毛巾给他。他泡在了自己的咖啡中。

是时候去赶飞机了。我们离开了餐厅，我在前面向一个非常漂亮的收银员付款。她接过钱，对我微笑。然后她看向维达，又止住了笑。

航站楼里的女性员工中有许多美女，但维达的美貌无情地削弱了她们的光彩，仿佛她们的美丽几乎不存在。她的美貌像一头野兽，从某种程度上来说非常无情。

我们走向登机口，周围的人用手肘互相杵着示意看维达。维达的美可能已经带来了无数人身上的瘀青。啊，萨德侯爵，你那蜂巢中的情欲欢愉。

两个四岁的小男孩和他们的母亲一起走过，经过我们时他俩的脖颈都僵住了。他们无法从维达身上移开目光。他们没有什么坏心思，就单纯地无法移开目光。

我们走向太平洋西南航空公司候机的休息间。在走过过道时，我们又在男性中引起了一片混乱。我一路搂着维达。但这并不是很有必要，她几乎已经完全克服了对自己身体的恐惧。

一个中年男子，也许是个销售员，在我们走近时他正在抽烟。一看到维达，他烟都放不进嘴里了。我从未见过如此情景。

他像个傻瓜那样盯着她看，眼睛都看直了，维达的美貌让他失去了对世界的掌控。

太平洋西南航空公司

喷气式飞机形状笨拙又狰狞，尾部像鲨鱼一样。这是我第一次坐飞机。走进那东西确实是一种奇怪的体验。

我们找座位时，维达一如既往地在男乘客中引发了骚动。我们立即系好了安全带。飞机上的每个男性都陷入了同样的紧张情绪。

我望向窗外，我们的座位正好在机翼旁。然后我惊讶地发现飞机地板上铺着地毯。

飞机内的墙壁上有加州景色的缩影：缆车、好莱坞、科伊特塔、帕洛马山天文望远镜、加州传教院、金门大桥、动物园、帆船，还有一座我不认识的建筑。我仔细看着那座建筑。也许它是在我待在图书馆期间建造的。

尽管飞机里满是漂亮的空姐，男人们还是继

续盯着维达看。维达让空姐们隐形了，这对她们可不常见。

“真不敢相信。”我说。

“他们想怎么样就随他们吧。我什么意见都没有了。”维达说。

“你真好。”我说。

“那也是因为我和你在一起。”她说。

起飞前，一个男的通过飞机的公共广播系统对我们说话。他说他欢迎我们登机，还絮叨了一大段有关天气、温度、云朵、太阳、风，以及在加州等待着我们的天气情况。我们并不想听那么多关于天气的事。我希望他是机长。

外面的天气阴暗寒冷，没有一丝出太阳的可能。我们起飞了，飞机沿着跑道起步，起初速度慢，然后越来越快，越来越快，越来越快：我的老天爷！

我望着我下方的机翼。机翼上的铆钉看起来异常柔弱，像是无法承受任何重量。机翼时不时地颤抖，虽然轻微，但足以让人觉得大事不妙了。

“感觉怎么样?”维达问，“你看上去脸色不太好。”

“感觉挺奇特的。”我说。

我们起飞时，机翼上挂着一个类似中世纪的旗子，就像某种金属材质的、可伸缩的鸟肠子，给人一种野心勃勃的感觉。

我们穿过云雾，直冲太阳。这简直太神奇了。云朵白皙美丽，像是下方山丘和山脉上的花朵，它们漫山遍野地开着，甚至覆盖了山谷。

我望向我下方的机翼，看到了一个类似咖啡渍的东西，就好像有人把一杯咖啡放在机翼上。你可以看到杯子留下的圆形痕迹，旁边还有一个大的溅射状痕迹，显然杯子翻倒了。

我握着维达的手。

我们时不时地撞到空中的无形的气流，让飞机就像无头骑士的幽灵马一样高高跃起。

我再次看向咖啡渍，世界远远的，在它之下，我喜欢这样的景象。我们一个小时后会在洛杉矶的伯班克降落，一些乘客会下飞机，也有其他乘客登机，然后前往圣迭戈。

我们的旅行速度如此之快，几乎转瞬即逝。

咖啡渍

我爱上机翼上的咖啡渍了。不知怎的，它完美地符合当日的气氛：就像一个护符。我开始想象着蒂华纳，但随即又改变了主意，注意力回到了咖啡渍上。

飞机上发生了一些事情，空姐们正忙碌着。她们在飞机内检票，提供咖啡，并且努力让自己受到大家的欢迎。

空姐们就像《花花公子》里的漂亮修女，穿梭在飞机的走廊里，仿佛飞机是一所女修道院。她们穿着短裙，展示着迷人的膝盖和美丽的腿，但她们的膝盖和腿在维达面前相形见绌。维达牵着我的手静静地坐在我旁边，思考着自己的身体将在蒂华纳有怎样的遭遇。

山中有一个完美的绿色方块。那或许是一个

牧场、一片田地或一块草地。我陷入了对那块绿色永恒的爱意里。

高速的飞机让我变得多愁善感了起来。

一会儿后，云层不情愿地消散了，露出了山谷。但我们飞越的土地非常荒凉，连云层都不想要它。下面没有任何人类的痕迹，只有几条像是干巴巴的蚯蚓一样的道路在山中蜿蜒。

维达一直没有说话，安静地美丽着。

机翼上阳光来回摇摆。我越过咖啡渍，凝视着下面的景色。现在我们正飞过一个近乎无人的荒凉山谷。半黄半绿间可以看到人类的农业痕迹。但山上一棵树也没有，土地贫瘠，斜坡就像锈迹斑驳的古代外科手术工具。

我看着机翼上拖着的中世纪旗帜，它以每小时数百英里的速度消化了距离，旁边就是我的咖啡渍护符。

维达完美无暇，虽然从她的眼神中可以看出她正在神游，想着南方的目的地。

飞机另一侧的人们正在向下望着什么。我很

好奇，于是也从我的这侧向下看。我看到一个小镇，土地看上去更温柔了，然后还有更多的小镇。小镇一个接一个慢慢变大。温柔的土地滋养出越来越多的小镇，连绵成洛杉矶。我又从中找到高速公路。

飞行员或是某位有飞机控制权的机组成员告诉我们，我们将在两分钟内着陆。于是我们突然进入一片雾气中，那雾气逐渐变成了伯班克机场。外面不再阳光明媚，一切都雾蒙蒙的。那是一片黄色的雾，而旧金山的雾是灰色的。

飞机上的座位逐渐空了，然后又再次坐上了人。在此期间，维达吸引了许多目光。一个空姐在几座远的地方停留了一分钟，好像要确认维达真的在那里似的盯着她看。

“感觉怎样?”我说。

“很好。”维达说。

一个 P-38 战斗机大小、带着生锈螺旋桨的小飞机，正在滑行道上准备起飞。它的窗户里满是面露惊恐的乘客。

几位做生意的老板坐在我们前面。他们在谈论一个女孩，他们都想和她上床。她是凤凰城一家分公司的秘书。他们用行业术语谈论她，“我很想获取她的账户信息！哈哈！哈哈！哈哈！哈哈哈！”

那位“飞行员”欢迎新来的人登机，并且再次通报了一大段关于天气的消息。没人想听他讲。

“我们将在21分钟内降落在圣迭戈。”他在播完天气后说。

我们从伯班克起飞时，有一列火车与我们同步前进，穿过了机场。我们将它甩在了身后，好像它从未存在，洛杉矶也是如此。

我们穿过重重的黄色雾霾攀升。一瞬间，太阳照耀在机翼上，平和安详，我的咖啡渍看起来像是位快乐的冲浪选手破浪而出，但那也仅是一瞬。

一路叮咚至圣迭戈

叮咚！

去圣迭戈的旅程大部分时间都在云中度过。偶尔会在飞机里听到一段铃音。我不知道那是什么。

叮咚！

空姐们又来检票了，还希望获得更多人的喜爱。她们的脸上始终挂着微笑。即使没有真的在笑，她们也看上去像是在笑。

叮咚！

我想到了福斯特和图书馆，但我很快在脑海中转移了焦点。我可不想念福斯特和图书馆，嘿嘿。

叮咚！

我们飞入了浓雾中，飞机发出了好玩的噪音。

那声音相当大。我还以为我们已经在圣迭戈着陆了，正在跑道上呢。这时，一名空姐说我们不久后将要降落，所以我们其实还在飞。

真有意思……

叮咚！

热水

从旧金山出发起，我们一路速度惊人。我们轻松飞跃了数百英里，仿佛是在追随一首抒情诗。一瞬间我们冲破云层，发现自己已经到了海洋上方。我看到下面白色的海浪拍打着岸边，那里就是圣迭戈。我看到了一个看起来像是融化的公园的建筑。我的耳朵开始嗡嗡作响，我们开始下降。

飞机停了下来，机场对面的海港停着许多军舰，它们被一层浅灰色的雾笼罩着，和它们的外壳颜色一样。

“你现在的脸色好了。”维达说。

“谢谢，”我说，“我刚开始表演一棵树呢。看来这不是我使命。”

我们下了飞机，维达像往常一样在男乘客中

引起了骚动，在女乘客中引起了不满。

我们走进航站楼时，两名水手的眼睛像是弹珠机里的小球一般到处瞟。航站楼小而老。

我得去趟洗手间。

旧金山国际机场和圣迭戈国际机场之间最大的区别在于男厕所。

在旧金山国际机场，洗手时热水会自动开启，但在圣迭戈国际机场却不是这样。你需要一直按着水龙头才能出水。

当我研究热水的时候，维达被搭讪了五次。她像驱赶苍蝇一样把这些搭讪的人挥开。

我想喝点儿，这对我来说很难得。但酒吧小而昏暗，坐满了水手。我不喜欢酒保的样子。这不像是一个好酒吧。

航站楼里的男人中产生了更大的骚动和走神。一个男的结结实实地摔了一跤。我不知道他是怎么搞的，但他确实。他就那样躺在地板上，仰望着维达，就在我决定不在酒吧喝酒而是去咖啡店喝咖啡的时候。

“你可能是影响了他的内耳。”我说。

“可怜的男人。”维达说。

向后飞

圣迭戈机场咖啡店的基调是小巧、休闲，这里有许多年轻人和装满蜡制花朵的盒子。

咖啡馆里也充满了航空业人士：空姐、飞行员以及讨论飞机和航班的工作人员。

维达的影响力也波及到了他们，而我向一位穿着白色制服的女服务员点了两杯咖啡。她既不年轻也不漂亮，而且看起来还没睡醒。

咖啡店的窗户被沉重的绿色窗帘遮住，挡住了光线，你甚至看不到外面的任何东西，一片机翼都看不到。

“好吧，我们到了。”我说。

“那是肯定。”维达说。

“你感觉怎么样?”我说。

“我希望一切已经结束。”维达说。

“是啊。”

我们旁边坐着两个反复讨论着飞机、风向和数字 81 的男人。他们说的是时速。

“80。”其中一个说。

我跟不上他们的谈话内容，因为我在思考蒂华纳的人流手术，然后我听到其中一个人说，“以 80 的速度，你会产生飞机是在向后飞的错觉。”

市中心

那是圣迭戈一个平淡的阴天，我们乘坐黄色出租车前往市中心。司机在喝咖啡。我们上了车，他把咖啡一饮而尽，并对维达投去了长时间的凝视。

“去哪儿?”他问道，眼睛更偏向维达。

“格林酒店，”我说。“它在——”

“我知道在哪儿。”他对维达说。

他开着车把我们载上了高速公路。

“你觉得会出太阳吗?”我不知道还能说什么，没话找话。我其实不必非说些什么，但他一直从后视镜里盯着维达。

“也许十二点左右会出来，但我喜欢这样的天气。”他对维达说。

于是我在镜子里仔细看了看他的脸。他看起

来像是被一个酒瓶打得半死。但实际上他看上去这副德行是因为瓶子里的东西。

“我们到了。”他对维达说，终于在格林酒店前停下了车。

车费是一美元十美分，我给了他二十美分小费。这让他非常不高兴。当我们离开出租车走进格林酒店时，他盯着手里的钱。

他甚至没有向维达道别。

格林酒店

格林酒店是一家四层高的红砖酒店，位于一个停车场对面，旁边是一家书店。我忍不住看橱窗里的书籍。它们与图书馆里的书大不相同。

我们走进酒店，前台抬起头来看了我们一眼。酒店里有一株非常大的绿植，就在窗户旁边，叶片巨大。

“你们好啊！”他说。他露出嘴里的一口假牙，表现得非常友好。

“你好。”我说。

维达露出微笑。

这让他非常高兴，因为他变得更加友好了，这可不容易。

“福斯特让我们来的。”我说。

“哦，福斯特！”他说，“对，对，福斯特。他打电话说你们会来，你们这不就来了！史密斯先生和夫人。福斯特。他可真是个好人啊，福斯特。”

他现在笑得真的很开心。也许他的女儿是位空乘。

“我有一个带浴室，还可以看到美景的好房间，”他说，“就像自己家一样，你们会喜欢的，”他对维达说，“可不是一般的酒店房间。”

出于某种原因，他不想让维达住酒店房间，尽管他经营着一家酒店。而这仅仅是开始。

“是的，这是一个很不错的房间，”他说，“非常漂亮。你会享受在圣迭戈的住宿。你们会在这里待多久？福斯特在电话里没说太多。他只是说你们会来，你们这不就来了！”

“就一天左右。”我说。

“公务还是旅游？”他问。

“我们来拜访她的姐姐。”我说。

“哦，真不错。她住的地方很小，是吗？”

“我打呼噜。”我说。

“哦。”前台说。

我在酒店登记册上签下了“来自旧金山的史密斯先生和夫人”。维达看着我签下我们作为临时夫妇的新名字，露出一个笑容。我的天！她看起来真美。

“我带你们去你们的房间，”前台说，“那真是个美丽的房间。你们住在那里肯定会舒服的，它的墙壁也很厚。你们会觉得就像家里一样。”

“太好了，”我说，“我打呼噜，之前让我很尴尬。”

“呼噜声真的很大吗？”他问。

“是的，”我说。“像锯木厂一样。”

“你们能等一会吗，”他说，“我去叫我的弟弟下来看着前台，我带你们上楼去房间。”

他按了一个无声的蜂鸣器，几分钟后他的弟弟乘电梯下来了。

“这两位客人，史密斯先生和夫人，是福斯特的朋友，”前台说，“我想让他们住妈妈的房间。”

前台的弟弟对维达上上下下打量了一番，走

到柜台后接管了哥哥的工作。他们俩都是中年人。

“可以。”弟弟满意地说，“他们会喜欢妈妈的房间的。”

“你妈妈住在这里?”我有点困惑。

“没有,她去世了,”那位前台说,“那是她去世前住的房间。我们家族经营了这家酒店五十多年。妈妈的房间就和她去世时一样,愿上帝保佑。我们什么也没动过,只会把它给像你们这样的好人住。”

我们乘坐一部古董级别的电梯上到了四楼，到了他们妈妈的房间。考虑到是已故母亲的，这房间还真的很不错。

“好看吧?”前台说。

“看起来非常舒适。”我说。

“很棒。”维达说。

“住在这里，你们会更加喜欢圣迭戈的。”他说。

他拉起窗帘向我们展示了窗外停车场的绝佳风景。如果你之前从未见过停车场，那景色还是相当壮观的。

“我们肯定会喜欢这里的。”我说。

“如果你们有任何需要，请联系我，我们会提供帮助的。叫早电话什么的，有任何需要就告诉我们。我们的职责就是为了让你们的圣迭戈之旅顺心愉快，不要被不能住在姐姐那里影响了。”

“谢谢。”我说。

他离开了，我和维达在房间里独处。

“你为什么要跟他说你打呼噜?”维达坐在床上问道。

她正在微笑。

“我不知道，”我说，“就觉得那番话比较合适。”

“你真谨慎。”维达说。然后她稍微整理了一下自己，洗掉了一路尘埃。此刻我们已经准备好去拜访蒂华纳的加西亚医生了。

“也许是时候出发了。”我说。

“我准备好了。”维达说。

离开时，那位已故母亲的幽灵正看着我们。她坐在床上，好似正织着一件幽灵毛衣。

去蒂华纳的巴士

我不喜欢圣迭戈。我们走了几个街区到了格雷亨德巴士站。每个路灯灯柱上都挂着一篮花。

除了那些彻夜未眠的疲惫水手和准备出海的水手在街上走动外，那日上午的圣迭戈几乎可以称得上是有一股小镇风情了。

格雷亨德巴士站内挤满了人，有各种娱乐设施和自动售货机，巴士站里的墨西哥人比街头的还要多。巴士站仿佛是城里的墨西哥区。

维达的身材、完美的脸蛋和光亮的长发在巴士站的男人间引起了一贯的反响，几乎是一场骚乱。

“好吧。”我说。

维达沉默以对。

去往蒂华纳的巴士每十五分钟一班，票价六

十美分。排队的有许多墨西哥男。他们戴着稻草帽和牛仔帽，一路散漫地去往蒂华纳。

站台上一台自动点唱机正播着我刚进图书馆时流行的歌。再听到这些老歌的感觉真是奇怪。

有一对年轻夫妇排在我们前面。他们穿着非常保守，举止端庄，神情极度紧张不安，正努力保持着镇定。

队伍中有一个男人，胳膊下夹着一份赛马报纸。他年事已高，上衣的翻领上、肩上和他的赛马报上都有头皮屑。

我从未去过蒂华纳，但我去过其他一些边境城市：诺加莱斯和华雷斯。我不会太期待蒂华纳。

边境城市并不是什么好地方。它们展现了两个国家各自最糟糕的一面。在边境城市，所有美国特色变得像霓虹灯下的疮疤一样显眼。

我还注意到了一些沧桑疲惫的中年人。你在拥挤的巴士站里总会看到这类人，在空巴士站就见不着一个。他们只在人多的地方存在，似乎就生活在拥挤的站台上。他们每个人都好像很喜欢自动点唱机播放的老歌。

有个墨西哥男的用亨氏番茄酱盒和塑料面包袋装了一大堆东西。这些似乎就是他的财产，他正要带着它们回蒂华纳的家。

传送带

坐车前往蒂华纳的短途旅程并不是一次愉快的旅行。我看着窗外，巴士上可没有机翼，也没有咖啡渍。我想它了。

圣迭戈看上去非常穷破。后来上了高速路，路边的乡村实在是平凡无奇，不值一提。

维达和我手拉着手。就在我们真实的命运正走近我们之时，我们紧握彼此。维达的肚子平坦且完美，未来也将继续保持。

维达望着窗外那些不值一提的景色。窗外的风景变得更无趣了，只是冷冰冰的水泥路。她没有说话。

一对穿着保守的年轻夫妇就像冷冻青豆一样坐在我们前面一排。他们此时真的很不愉快。我几乎可以猜出他们为什么要去蒂华纳。

那个男人低声对女人说了些什么。她点头却没说什么。她咬住了下唇。我想她快要哭出来了。

我从巴士往下看汽车，看到后座上的东西。我努力不去看人，而是看后座上的东西。我看到了一个纸袋，三个衣架，一些花，一件毛衣，一件外套，一个橙子，一个纸袋，一个盒子，一只狗……

“我们就像在一条传送带上。”维达说。

“这样更方便，”我说，“会没事的。别担心。”

“我知道会没事的，”她说，“但我希望我们已经到了。看到前面的那些人比想到自己要堕胎还要糟糕。”

那个男人又在对那女人低声说些什么，她继续直视前方，而维达转过头去，望着窗外通往蒂华纳的一片虚无。

来自瓜达拉哈拉的朋友

在边境，到处都是在一片混乱与兴奋中来来往往的汽车大军。它们穿过一座英雄式的拱门进入墨西哥，拱门上有个标语，意思差不多是这样："欢迎来到蒂华纳，世界上观光客最多的城市。"

我可不敢苟同。

我们步行穿过边境进入墨西哥。美国人甚至连再见都没跟我们说。突然之间，我们就进入了一种不同的生活方式。

首先是墨西哥警卫，他们配着墨西哥人喜爱的点 45 口径自动手枪，检查进入墨西哥的车辆。

然后是一些看起来像侦探的男人，站在通往墨西哥的人行道上。他们没跟我们说话，但拦下了我们后面的一对年轻的男女，询问他们是哪国人，他们说是意大利人。

“我们是意大利人。”

我猜维达和我看起来像是美国人。

拱门不仅有英雄主义感，还具有现代感，非常美丽，还带一个漂亮的花园。花园里有很多精致的河石，但我们更感兴趣的是找出租车。于是我们去了有很多出租车的地方。

我注意到了空气里弥漫着墨西哥北部特有的甜而刺鼻的灰尘。真是久仰了，感觉就像与一位奇怪的老友重逢。

“出租车！”

“出租车！”

“出租车！”

司机们大叫着，招揽着新到的外国佬们的生意。

“出租车！”

“出租车！”

“出租车！”

出租车是典型的墨西哥风格，司机们像卖肉一样推销着自己的车。我不喜欢别人对我用强硬的销售手段。这不适合我。

那对保守主义的年轻夫妇也过来了，神色惊惧，他们上了一辆出租车，便往蒂华纳的方向开去，一路开上那些昏黄的、满是房子的山丘，消失不见了。

空气中充满了紧张的气氛，人们高声叫嚷着争抢美金，这场景甚至有着某种宗教色彩。出租车司机像无穷无尽的苍蝇一样试图把你拉进他们的血肉中，去蒂华纳，去享乐。

“嘿，大——美——女和披——头士！上车!”一个司机对我们大喊。

“披头士?”我问维达，“我的头发有那么长吗?”

“有点长。”维达笑着说。

“嘿，披头士和嘿，美女!”另一个司机大喊。

到处都是“出租车！出租车！出租车!”的叫嚷。在墨西哥的一切仿佛突然加速了。我意识到我们现在在一个不同的国家，一个只想要我们钱的国家。

“出租车!”

“出租车!”

(口哨声)

“披头士!”

“出租车!”

“嘿! 上车吗?”

“出租车!”

“蒂华纳!”

“她真好看!”

“出租车!”

(口哨声)

“出租车!”

“出租车!”

“小姐! 小姐! 小姐!”

“嘿, 披头士! 出租车!”

然后一个墨西哥男人静静地走向我们。他看起来有点尴尬。他穿着一身商务套装, 大约四十岁。

“我有辆车,”他说,“你想搭个便车到市中心吗？就在那边。”

那是一辆十年车龄的别克，车身上都是灰，但保养得很好，似乎正等着我们上车。

“谢谢，”我说，“那真是太好了。”

那人看起来没什么问题，只是想提供帮助，至少看起来是这样。他看起来并不像是在卖什么东西。

“就在这里。”他重申道，显然那辆车让他十分骄傲。

“谢谢。”我说。

我们走向他的车。他给我们开了门，然后自己绕到另一边上车。

在我们向蒂华纳开出不到一里路时，他说：“这里很吵，太吵了。”

“确实有点吵。”我说。

离开边境后，他好像放松了一些，他看向我们问：“你们是过来在这里过下午的吗？”

“是的，我们想趁在圣迭戈探望她姐姐的机会，来看看蒂华纳。”我说。

"确实值得一看。"他说。当他这么说的时候，看起来不是很高兴。

"你住在这里吗?"我说。

"我在瓜达拉哈拉出生，"他说，"那是个美丽的城市。那是我老家。你们去过那里吗？很漂亮。"

"去过，"我说，"大约五六年前。那个城市很好。"

我望向窗外，看到一座废弃的小型游乐场就在路边。游乐场平淡无奇，像一摊死水。

"你以前来过墨西哥吗，夫人?"他用老父亲般的语气说。

"没有，"维达说。"这是我第一次来。"

"不要觉得墨西哥就是这样的，"他说，"墨西哥和蒂华纳不一样。我在这儿工作了一年，过几个月我就回瓜达拉哈拉，这次我就不回来了。我真是傻了才会离开家。"

"你做什么工作?"我说。

"政府工作，"他说，"我负责在边境调查前往你们国家的墨西哥人。”

“你发现了什么有趣的吗?”维达说。

“没有,”他说,“都一样。没有什么特别的。”

在沃尔沃斯打电话

那位不知名的政府公务员在蒂华纳的主街上把我们放下，并给我们指明了政府旅游中心的方向，那个地方能告诉我们在蒂华纳旅游可以做什么。

政府旅游中心不大，是个玻璃小楼，非常时髦，楼前还有一座雕塑。雕塑是灰色石头制成的，但并无平和之感。它比大楼还要高，是一位哥伦布发现新大陆之前的某位古神或某个人物，正做着一些让他自己不甚愉快的事情。

尽管旅游中心看着很漂亮，但楼里的人对我们着实没有什么帮助。我们需要墨西哥人民的另一种服务。

每个人都在为了赚美金而向我们推销一些我们不需要的东西：卖口香糖的孩子们，卖边境特色垃圾商品的人，大喊着想带我们去边境的出租车司机。我们明明刚从那儿过来。也许他们也愿意载我们去其他有乐子的地方。

“出租车!”

“大美女!”

“出租车!”

“披头士!”

(口哨声)

蒂华纳的出租车司机对我们热情不减。我都不知道自己的头发有那么长，维达的魅力更是毋庸置疑。

我们走进蒂华纳主街上那座高大又摩登的沃尔沃斯百货去找电话。这座建筑颜色淡雅，挂着一块红色的沃尔沃斯大招牌，正面是红砖墙和装满复活节装饰品的大橱窗：大量的小兔和黄色小鸡在巨大的蛋中蹦蹦跳跳。

与仅有几英尺远的外面相比，沃尔沃斯内部是如此卫生、干净、有序。如果你透过复活节兔子往外看，这里和外面仅一窗之隔。

商场里有许多非常漂亮的售货员，她们皮肤黝黑、年轻漂亮，眼睛上画着复杂但漂亮的妆。她们看起来与其说是沃尔沃斯的售货员，更像是银行柜员。

我问其中的一个女孩电话在哪里，她给我指明了方向。

“就在那边。”她用一口漂亮的英语说。

我和维达一起走向电话，她就像导弹干扰器一样，在男人中用性感散播着混乱。尽管墨西哥女性非常漂亮，但她们无法与维达相比。维达甚至不用思考自己的美貌就击败了她们。

电话旁边是一个信息亭，靠近厕所，旁边是皮带橱柜、纱线橱柜和女士上衣卖场。

我怎么能记得这么多无关紧要的细节，但这就是我的记忆，我很希望自己能忘记它们。

电话可以用美元拨通：一镍币五美分，和我童年的旧日时光一个价格。

接电话的是一个男人。

他听起来就像医生。

“您好，加西亚医生吗?”我说。

“是的。”

“昨天有个叫福斯特的人给你打电话，跟您打过招呼了。嗯，我们现在到了。”我说。

“好。你们在哪里?”

“我们在沃尔沃斯。”我说。

“抱歉我英语不太好。我让个姑娘来接。她的英语……更好。她能告诉你们怎么过来。我在这儿等着你们。放心好了。”

一个女孩接过电话。她听起来很年轻，说：“你们在沃尔沃斯。”

“是的。”我说。

“你们离这里不远。”她说。

这可稀奇了。

“你走出沃尔沃斯，右转，再走三个街区然后左转进入第四大街，再走四个街区然后再次左转，走出第四大街，”她说，“我们在街区中间的一栋绿色大楼里。你肯定能看见。记住了吗?”

“记住了，”我说，“我们出了沃尔沃斯，右转，走过三个街区到第四大街，然后我们左转沿着第四大街走，四个街区后左转离开第四大街，街区中间的那栋绿色大楼，你们就在那里。”

维达在听。

“你的妻子没吃东西吧?”她问。

“没有。”我说。

“好，我们会等你们的。如果你们迷路了，再打电话来。”

我们离开沃尔沃斯商场，按照女孩的指示一路前行，路上再一次受到纪念品小贩、出租车司机和卖口香糖的孩子们的叫卖攻击，周围充斥着口哨、汽车、惊叫和“嘿，披头士!”。

第四大街仿佛一直等着我们，就像我们注定会来。维达和我终于来了，这段旅程是从清晨的旧金山开始，但这段人生也许从许多年前就启程了。

街道上充满了汽车和人，隐隐有一种奇妙的兴奋感。这里的房子没有屋外草坪，只有那远近闻名的灰尘，正引导着我们向加西亚医生走去。

绿色大楼前停着一辆崭新的美国轿车。车挂着加利福尼亚牌照。不用多想就知道这辆车为什么在这里。我看了看后座。那里躺着一件女孩的毛衣，看起来无助又可怜。

一些孩子在医生办公室前玩耍。那些孩子很穷，穿得破破烂烂的。他们停下，看着我们进去。

毫无疑问，对他们来说，我们的到来不是什么稀奇事。他们可能在这个城镇的这个街区看到过太多的外国佬，走进这栋绿色土坯大楼里。这些外国佬看起来都不太开心。我们也在他们的意料之中。

第五部

我的三次堕胎

研究陈设

门上有一个小门铃。它和我那远方图书馆的银铃不同。这门铃得用手按才会响，我就是这么做的。

我们等了一会儿才有人来应门。孩子们依旧没有玩闹，安静地看着我们。这些孩子个头矮小，衣着寒酸，蓬头垢面。他们的身材和长相有一种营养不良导致的畸形古怪，这让人很难判断这些墨西哥的孩子到底多大。

看上去五岁的孩子也许已经八岁了，看上去七岁的孩子也许实际十岁。太可怕了。

一些墨西哥裔妇女走过，她们也看着我们。虽然她们眼睛里没流露出感情，但这种眼神也表明，她们知道我们是来做堕胎的外国佬。

然后，医生诊所的门打开了，轻车熟路得仿

佛它一直准备着在那个时刻打开。开门的正是加西亚医生本人。

我不知道他长什么样，但我知道那就是他。

“请进。”他示意我们进去。

“谢谢，”我说，“刚才给您打了电话。我是福斯特的朋友。”

“我知道，”他平静地说，“请跟我来。”

医生身材矮小，中年，穿着完全符合一名医生的样子。他的办公室又大又凉快，里面有许多房间，像迷宫一样蜿蜒至后方我们未知之处。

他带我们去到一个小接待室。屋里很干净，地板上铺着时髦的油布，陈设着时髦的、符合医生品味的家具：一张不舒服的沙发和三把你根本坐不进去的椅子。

这里的陈设和美国的医生办公室一模一样。角落里有一株高大的植物，叶片大而平整，一动不动，是冷冰冰的绿色。

房间里已有其他人：一对父母和一个十几岁的年轻女儿，显然是停在外面的那辆崭新汽车的主人。

“请坐。”医生说，示意我们坐在房间里的两把空椅子上。“马上，”他微笑着温柔地说，“请稍等，很快。”

他穿过走廊走进了另一个房间，消失了，留下我们和那三个人。他们没有说话，整个房间充斥着奇怪的安静。

每个人都紧张兮兮地打量着其他人。当在时间和环境逼迫下不得不在墨西哥进行非法手术时，人们自然会如此。

那位父亲看起来像是来自圣华金河谷的一个小镇银行家，而母亲看起来像是位参与很多社交活动的女性。

女儿很漂亮，看上去也很聪明，但好像不知道在等待堕胎的这段时间该如何控制面部表情，于是就朝着不知道是谁保持着一种利刃一般的微笑。

父亲看起来非常严厉，那架势仿佛是要拒绝一笔贷款。而母亲看起来似乎有些惊恐，就好像有人在德莫莱之友[1]举办的社交茶会上开了什么黄色玩笑一样。

那位女儿，尽管拥有一个正在发育的扁瘦型身体，但她看起来还是太年轻了，不应该来堕胎。她看上去本应该在做些别的什么，与这里格格不入。

我看向维达。她也看起来太年轻了，不应该来做堕胎。我们都在这里做什么？她的脸色开始变得苍白。

唉，纯粹的爱不过是一种逐步增强的生理反应，并不是像亲吻那样具体的、有形的东西。

① 一个致力于培养年轻男子领导力、社交力和道德价值观的青年组织。——译者注

我的第一次堕胎

大约过了永远或十分钟，医生回来了，示意维达和我跟他走。其他人在我们进来时已经在等了，这种安排可能是福斯特的授意。

“请。”加西亚医生平静地说。

我们跟着他穿过走廊，进入一个小办公室。办公室里有一张书桌和一台打字机。办公室又黑又冷，窗帘拉了下来，有一把皮制椅子，墙上和书桌上有医生和他家人的照片。

墙上挂着各种证书，展示了医生获得的医学学位和他毕业的学校。

有一扇门直接通向手术室。一个十几岁的女孩正在那个房间里打扫。还有一个十几岁的年轻男孩在帮她。

巨大的蓝色火焰在装满手术器械的托盘上跳

动。那个男孩正在用火消毒器械。这让维达和我吓了一跳。手术室里有一张桌子，上面有固定腿部的金属装置，上面还连着皮带。

“不痛，”医生对维达说，然后又对我说，“不痛且干净，完全干净，不痛。别担心。不痛且干净。没别的。我是医生。”他说。

我不知道该说什么。我紧张得几乎要晕厥了。维达脸上的所有颜色褪去，她的眼神空洞，似乎再也看不见任何东西。

“250 美元，”医生说，“请。”

“福斯特说是 200 美元，我们只有 200 美元，”我听见自己的声音在说，“200。那是您告诉福斯特的价格。”

“200。你们只有 200 美元?”医生说。

维达站在那里，听我们为她的手术费用讨价还价，脸就像夏天一片苍白的云。

“是的，”我说，“我们只有这么多。”

我从口袋里拿出钱交给医生，伸手递出。他从我的手中接过。他把钱放进口袋，没有数，然后他再次成了一位医生，之后一直保持这样。

他只是从医生的角色中抽离了一刻，但我还是觉得很别扭，我不知道这事本该如何。不过他之后一直是医生，这非常好。

福斯特当然是对的。

他转向维达，微笑着说："我不会让你受伤，一切都会很干净。之后什么都不留下，不会有痛苦，亲爱的。相信我。我是医生。"此刻，他再度成为一位医生。

维达笑了，但那只是个二分之一的微笑。

"她怀孕多久了？"医生问我，手一挥想指她的肚子，但医生并没有完成这个动作，所以他的手势非常多余。

"大约五六周。"我说。

维达的笑意降到四分之一。

医生停顿了一下，似乎是在翻他心中的日历，随即对着日历亲切地点了点头。那应该是他非常熟悉的日历，就像是位老朋友。

"没吃早餐？"他问，他再次想指维达的肚子，但他又没有这么做。

“没吃早餐。”我说。

“好女孩。”医生说。

维达的笑意降至三十七分之一。

那个男孩给手术器材完成消毒后，带着一个小桶走进另一个与手术室相连的大房间。

另一个房间看起来好像有床。我扭头张望，能看到里面确实有一张床。有个女孩在上面正睡着，旁边还有个男人坐在椅子上。房间里非常安静。

男孩离开手术室后不久，我听到厕所冲水声、水龙头的流水声，然后是倒水进厕所的声音，然后再次冲厕所，男孩带着桶回来了。

桶空了。

男孩手上戴着一块大金表。

“都没问题了。”医生说。

那个深色皮肤、长相俊俏，并且也戴着漂亮手表的少女走进医生的办公室，对维达微笑。那种微笑就像在说：现在是时候了，请跟我来。

“不痛，不痛，不痛。”医生像唱着童谣一样重复着，令人更加紧张。

不会痛，我想，多奇怪。

“你想观看吗?”医生问我，示意我如果想看的话可以坐在手术室的检查床旁。

我看了看维达。她不希望我观看，我自己也不想看。

“不。”我说，“我留在这儿。”

“那你来吧，亲爱的。”医生说。

女孩碰了碰维达的手臂，维达跟着她走了进去。

维达跟着她进了手术室。医生关上了门，但没有关紧，还开着一英寸左右。

“这个不会痛的。”那个女孩对维达说。她正在给维达打针。

然后医生用西班牙语对那个男孩说了些什么，男孩说了声 OK，然后操作着些什么。

“脱掉你的衣服，”女孩说，“穿上这个。”

接着医生又用西班牙语说了些什么，男孩用

西班牙语回答他，然后女孩说：“现在把你的腿抬起来。就这样。很好。谢谢。”

“做得好，亲爱的，”医生说，“不痛，对吧？一切都会好的。你是个好女孩。”

然后他用西班牙语对男孩说了些什么，随即女孩用西班牙语对医生说了些什么，医生又用西班牙语对他们两个说了些什么。

过了一会儿，手术室里一切都非常安静。我感觉到医生办公室的冷气与黑暗像医生的手一样覆盖在我的身上。

“亲爱的？”医生说，“亲爱的？”

没有回答。

然后医生用西班牙语对男孩说了些什么，男孩递给他一件金属外科用具。医生用了那工具，把它还给了男孩，男孩又给了他一些别的金属外科用具。

一段时间内，那里安静得只剩下金属和外科手术的声音。

然后女孩用西班牙语对那个男孩说了些什么，

男孩用英语回答她。“我知道。”他说。

医生又用西班牙语说了些什么。

女孩用西班牙语回答他。

几分钟过去了，这段时间里房间里再没有外科手术的声音。现在是打扫的声音，医生、女孩和男孩用西班牙语交谈，他们在收尾。

他们的西班牙语语气不再是手术式的冰冷，只是打扫时轻松的对话。

“现在几点了？”女孩说。她不想看她的手表。

“大约一点。”男孩说。

医生用英语加入他们的谈话。“还有多少？”他说。

“两个。”女孩说。

“两个？”医生用西班牙语说。

“还有一个在路上。”女孩说。

医生用西班牙语说了些什么。

女孩用西班牙语回答他。

“我希望是三个。”男孩用英语说。

“别总想着女的。”医生开玩笑地说。

然后医生和女孩用西班牙语进行了一次简短的对话。

这之后是一段没有对话的丁零咣啷，接着医生带着某个沉重且丧失意识的东西走出了手术室。他把那个东西留在另一个房间里，片刻后又回来了。

女孩走到我所在的房间门口，把门完全打开了。手术室明亮的灯光突然涌入我所在的阴凉黑暗的办公室。那个男孩正在清扫。

“你好，”女孩面带微笑说，“跟我来。”

她像是穿梭在玫瑰花园中一样轻松地引我穿过手术室。医生正在用蓝色的火焰消毒他的手术工具。他从燃烧的工具中抬头看我，“一切都很顺利。就像我承诺的，无痛，干净。一如既往。”他微笑着说，“完美的手术。”

女孩带我走进另一个房间，维达毫无意识，躺在床上。她盖着温暖的厚被子，像在做着另一个世纪的梦。

“手术非常成功，”女孩说，“没有并发症，进行得非常顺利。她一会儿就会醒。她很漂亮，是不是?”

“是的。”

女孩给我拿了一把椅子，放在维达旁边。我坐在椅子上，看着维达。她在床上显得如此孤单。我伸手摸了摸她的脸颊。这就是刚从手术室中出来，还没有恢复意识的维达。

房间里有一个小型煤气暖炉默默地燃烧着。房间里有两张床，另一个女孩不久前躺过的床现在已经空了，床旁边还有一把没人坐的椅子。和这张很快空出来的床一样，我现在坐的这把椅子也会空出来。

通往手术室的门是开着的，但我从我坐的位置看不到手术台。

我的第二次堕胎

手术室的门开着，但从我坐的位置我看不到手术台。片刻后，他们从候诊室带来了那个十几岁的女孩。

“一切都会好的，亲爱的，”医生说，“不会疼。”他亲自给她打了针。

“请脱掉你的衣服。”女孩说。

接着是几秒钟的沉默，然后是那个十几岁女孩尴尬、难为情的脱衣服的声音。

女孩脱掉衣服后，那个和她年龄相仿的女孩助手说：“穿上这个。”

女孩穿上了。

我低头看着维达沉睡的模样。她也穿着一件一样的衣服。

维达自己的衣服被叠着放在一把椅子上，她

的鞋子放在椅子旁边的地上。它们看起来很悲伤，因为她此刻无法穿着它们。她在它们面前毫无意识地躺着。

“现在把你的腿抬起来，亲爱的，”医生说，“再高一点。很好，乖女孩。”

然后他用西班牙语对墨西哥女孩说了些什么，她用西班牙语回答他。

“我在高中上了六个月的西班牙语课。”那个十几岁的女孩说。她双腿分开，被绑在这个铁马上。

医生用西班牙语对墨西哥女孩说了些什么，她也用西班牙语回答他。

“哦。”他有些心不在焉，语气很无所谓。我猜今天他做了很多台手术，他对那个十几岁的女孩说，“很好。多学点。”

男孩用西班牙语极快地说了些什么。

墨西哥女孩用西班牙语快速地回答。

医生用西班牙语非常迅速地说了些什么，然后他对那个十几岁的女孩说：“你感觉怎样，亲爱的?”

“什么也感觉不到,”她笑着说,“我什么都感觉不到。我现在应该感觉到什么吗?”

医生用西班牙语非常迅速地对男孩说了些什么。男孩没有回答。

“我希望你放松,”医生对那个十几岁的女孩说,“请轻松。”

他们三个用西班牙语非常迅速地交谈。

他们似乎遇到了什么问题。医生用西班牙语对墨西哥女孩说了一番非常快的话。他最后说:“Como se dice treinta(三十用英语怎么说)?”

“Thirty(三十)。”墨西哥女孩答。

“亲爱的,”医生俯身对那个十几岁的女孩说,“你为我们数数好吗?你能数到三十吗,亲爱的?”

“好的。”她说,面带微笑,她的声音开始听起来有些疲倦了。

那个起作用了。

“1,2,3,4,5,6……”这里停顿了一下,“7,8,9……”这里又停顿了一下,但比第一个停顿稍微长一点。

“数到，数到三十，亲爱的。”医生说。

“10，11，12。”

到这里女孩停下来了。

“数到三十，亲爱的。”男孩说，他的声音听起来非常温柔，就像医生的声音。他俩的声音如出一辙。

“12之后是什么?”女孩咯咯笑道。

“我知道了！13。”她非常高兴，“14，15，15，15。”

“你说过15了。”医生说。

“15。”女孩说。

“接下来是什么，亲爱的?”男孩问。

“15。”那个女孩缓慢又得意地说。

“接下来是什么，亲爱的?”医生说。

“15，”女孩说，“15。”

“再想一想，亲爱的。”医生说。

“接下来是什么?”男孩问。

“接下来是什么?”医生问。

女孩什么也没说。

他们也没说话。房间里非常安静。我低头看着维达，她也非常安静。

手术室里的沉默突然被墨西哥女孩打破，她说："16。"

"什么?"医生说。

"没什么。"墨西哥女孩说。然后就传来了手术的声音，以及漫长的沉默。

研究黑板

维达躺在床上，温柔且安静，如同未成形的大理石石雕。她没有丝毫苏醒的迹象，但我并不担心，因为她的呼吸正常。

所以我就坐在那儿，听着另一个房间进行的堕胎手术，看着维达，看着我周遭的一切。这间位于墨西哥的屋子，离我在旧金山的图书馆如此遥远。

煤气暖炉效果很好，因为医生的办公楼是土坯墙体，内部相当凉爽。

我们的房间位于迷宫的中心。

房间一侧有一条小走廊，一直延伸到厨房。走廊上还有敞着大门的卫生间。

维达肚子空空，像是一块擦得干净的黑板。而厨房就距离昏迷不醒的维达二十英尺。我能看见厨房里的冰箱和水槽，还有一个炉子，上面放着一些平底锅。

我们房间的另一侧通向一个巨大的房间，像一个小型健身房。我能看到健身房另一侧还有一个房间。

那个房间的门开着，可以看到房间里另一张床的模糊黑影，就像有个大型的动物趴在那里一样。

我低头看着维达，她仍然沉浸在麻醉剂制造的虚空中。我听见手术室中手术结束了。

突然，手术器械发出了如同交响乐般轻柔的碰撞声，然后我又听到清扫声。那是另一块被擦干净的黑板。

我的第三次堕胎

医生抱着那个少女走过来。尽管医生个头不大，但非常有力气，抱起女孩来很轻松。

她看起来很宁静，还没有意识，头发散落在医生的手臂上，乱糟糟的。他抱着女孩穿过小健身房，进入了隔壁的房间，在那里把她放在了一张黑暗的、巨兽般的床上。

然后他走了过来，关上了我们房间的门，走到迷宫的入口处，带着女孩的父母回来。

“手术非常成功，”他说，“没有痛苦，很干净。”

他们对他什么也没说。他回到了我们的房间。进门时，那对夫妻都看着他，也看到了躺在那儿的维达和坐在她旁边的我。

我看着他们，他们看着我，直到门被关上。

他们的脸上保持着冰冷僵硬的表情。

男孩拿着桶走进房间，进了厕所，将胎儿和清出来的其他东西冲进厕所。

冲洗厕所后，我听到了器具被火烧消毒的声音。

这古老的火与水的仪式在墨西哥再度上演。

维达仍然无意识地躺在那里。墨西哥女孩走进来，看了看维达。“她在睡觉，”女孩说，“手术进行得很顺利。”

她回到手术室，然后下一个女人走进手术室。她就是墨西哥女孩之前提到的来者中的一位。我不知道她长什么样，因为她来的时候我们已经到了。

“她今天吃过东西吗?”医生问。

“没有。”一个男人严肃地说，语气像是在下令对他讨厌的人发射原子弹一样。

那个男人是她的丈夫。他走进了手术室，因为他想要观看堕胎的过程。看得出他们都是性格紧张的人，因为那个女人在整个过程中只说了三个词。在给她打了麻药之后，他帮她脱下了衣服。

他坐下来，而她的腿被分开绑在了各自的位置上。当摆好姿势准备手术时，她立马就失去了意识。

这次的堕胎手术就像机械程序一样兀自进行着。医生和他的助手之间几乎没有什么交流。

我能感觉到手术室里那个男人的存在。他坐在那里，像个雕像一般，仿佛是在等待着某个博物馆来抓走他和他的妻子。我没能看到那个女人。

手术后，医生感到很疲惫。维达依然没有醒过来躺在那里。医生走进房间，低头看着维达。

“还没醒。”他自己说出了答案。

我说没有，因为我没有别的事情可以说。

“没关系，”他说，“有时候就是这样。”

医生看起来非常疲惫。天知道他那天做了多少台人流手术。

他走过来，坐在床上。他抓住维达的手，测了测她的脉搏。他伸手拨开了她的一只眼睛。她的眼睛茫然无神地看着他。

“没事的，”他说，“几分钟后能醒来。”

他走进卫生间洗手。洗完手后，那个男孩拿着桶进去，处理了桶里的东西。

女孩在手术室里打扫。医生把那个女人放在了手术室的检查床上。

他光是照顾病人，要做的事情就很繁杂。

“哦哦哦哦哦哦！”我听到一个声音从健身房那边的门后传来，那是医生照看那个青春期少女的地方。“哦哦哦哦哦哦！”那是一个情绪激动、仿佛喝醉了酒的声音。那是那个少女。“哦——哦哦哦！”

“16！”她说，“我——哦哦哦哦哦哦！”

她的父母正用严肃、压低的声音和她说话。他们十分体面。

“哦哦哦哦哦哦哦哦哦哦哦哦哦哦哦哦哦！”

就好像她在家庭聚会上喝醉了，他们正试图掩饰她的醉态。

“哦哦哦哦哦！感觉好奇怪！”

手术室里的那对夫妇完全沉默了。唯一的声

音来自那个在打扫的墨西哥女孩。那个男孩又穿过我们的房间，去了大楼的其他地方。他再也没有回来。

女孩打扫完手术室后进了厨房，开始给医生煎一块很大的牛排。

她从冰箱里拿出一瓶米勒啤酒，给医生倒了一大杯。他坐在厨房里。我隐约能看到他在喝啤酒。

然后维达开始从在睡梦中苏醒。她睁开了眼睛，起初目光无神，后来她看到了我。

“嗨。”她用遥远的声音说。

“嗨。”我微笑着应答。

“我感到头晕。”她说，又清醒了一些。

“别担心，”我说，“一切都好。”

“哦，那太好了。”她说，已经恢复了神志。

“你就安静地躺着，好好休息。”我说。

医生从厨房的桌子旁起身，走了进来。他手里拿着啤酒玻璃杯。

“她恢复过来了。”他说。

“是的。”我说。

“很好，”他说，“很好。”

他拿着啤酒回到厨房又坐了下来。他非常累了。

然后我听到外面健身房房间里的人正在给他们的女儿穿衣服。他们着急着走。

他们的动静就像在给一个醉酒的人穿衣服。

“我抬不起手来。”女孩说。

她的父母严厉地对她说了些什么，她把手举到了空中，但他们给她穿胸罩时遇到了困难，最终放弃了尝试。母亲把胸罩放进了她的手提包。

“哦哦哦哦哦！我好晕。”女孩在她的父母半搀半拖下离开。

我听到几扇门合上了，然后，除了厨房里医生的烹饪午餐的声音，一切都安静了下来。

厨房里，牛排在滚烫的平底锅里煎着，发出很大的滋啦声。

“那是什么声音?”维达问。我不确定她是在问那女孩离开的声音还是煎牛排的声音。

“是医生在吃午餐。”我说。

“已经这么晚了吗?”她问。

“是的。”我回答。

“我昏迷了很久。”她说。

“是的,”我说,“我们马上就可以走了,但如果你觉得不舒服,我们就继续待在这里。”

“我尽力。”维达说。

医生回到房间里。他很紧张,因为他又饿又累,想要暂停营业,这样他就能放松一下,休息一会儿。

维达抬头看着他,他微笑着说:“看,无痛的,亲爱的。一切都很好。好姑娘。”

维达微弱地笑了,医生返回厨房,他的牛排已经煎好了。

医生去用餐了,维达慢慢坐起来。我帮她穿好衣服。她想要站起来,但是太难了,所以我让她再坐下休息几分钟。

她坐在那里,梳了一会儿头发,然后又试图站起来,但依然做不到,又一次回到了床上。

“我还是有点晕乎。”维达说。

“没关系。”

另一个房间的女人已经苏醒了，她的丈夫几乎立刻就给她穿上了衣服，用一种难听的俄克拉何马口音说着：“这里。这里。这里。这里。”

“累了。”女人说，说完了她三分之二的台词。

“这里。”男人说，帮她穿上了别的东西。

他给她穿好衣服后，走进了我们的房间，站在那里找医生。当他看到维达坐在床上，梳理着头发时，他显得非常尴尬。

“医生?”他喊。

医生从他的牛排那儿起身，站在厨房的门口。那个男人向医生走去，但只走了几步就停下了。

医生走进了我们的房间。

“我在。”他说。

“我不记得我把车停在哪里了，”那个男人说，“你能给我叫辆出租车吗?”

“你弄丢了你的车?”医生问。

“我把它停在了沃尔沃斯旁边，但我记不得沃尔沃斯在哪里了，”那个男人说，“如果我能到市中心，就能找到沃尔沃斯。我不知道怎么去。”

“那个男孩会回来的，”医生说，“他能开他的车带你去那里。”

“谢谢，”那个男人说，回到了另一个房间的妻子那里，“你听到了吗？”他对她说。

“嗯。”她说，讲完了她所有的台词。

“我们要等一会儿。”他说。

维达看了我一眼，我对她微笑，拿起她的手亲吻。

“我们再试一次。”她说。

“好的。”我说。

这次尝试，一切都好了。她站在那里缓了几分钟，“可以了。我们走吧。”

“你确定你能走吗？”我问。

“是的。”

我帮维达穿上她的毛衣。医生从厨房看着我们。他笑了，但没有说什么。他已经做了他应该做的，现在我们也做了我们应该做的。我们离开了。

我们从房间里走出，穿过健身房，向这个地方的入口走去，穿过楼里凉爽的空气，来到门口。

尽管外面仍然是灰蒙蒙的阴天，我们还是被光线刺到了眼，一切瞬间变得喧闹起来，车辆、混乱、贫穷、破败，充满了墨西哥的气息。

就好像我们曾经被封存在一个时间胶囊里，现在又被放了出来，重新回到了世界上。

孩子们仍然在医生办公室前玩耍，他们再次停下他们的游戏，观看两个眯着眼的外国人相互搀扶，走上街头，步入一个没有他们的世界。

第六部

英雄

再会沃尔沃斯

和其他刚做完人流的人一样，我们用龟速小心谨慎地回到了蒂华纳市中心，然后再一次被试图兜售垃圾的人团团围住、狂轰滥炸。

我们已经达成了来蒂华纳的目的。我搂着维达的肩膀，她没什么事，但有点虚弱。

“你感觉怎么样，亲爱的?”我问。

“我感觉还好，”她说，“就是有点虚。”

我们看到一个老人蹲在一个破旧的加油站旁，像一坨散发着死亡气息的口香糖。

“嘿，美女！有美女!”

墨西哥的男人们依旧对维达苍白的美丽应激。

维达对我微微一笑。此时一名出租车司机非常戏剧性地在我们面前停下，头探出窗户，大声吹了个口哨：“哇！你一定需要坐出租车，亲爱的!”

我们来到了蒂华纳的主街，在沃尔沃斯门前与橱窗里的小兔子再次相遇。

“我饿了，”维达说，她很累，“真的很饿。”

“你得吃点东西，”我说，“我们进去看看能不能给你弄点汤。”

“那太好了，”她说，“我得吃点儿。”

我们离开了蒂华纳嘈杂脏乱的主街，走进了干净现代得不协调的沃尔沃斯。一位非常漂亮的墨西哥女孩在前台接待了我们。她问我们需要什么。

“你们想买点什么？”她问。

“她想喝些汤。”我说，“来点蛤蜊杂烩汤吗？”

“可以。”维达说。

“你想要点什么呢？”女服务员用非常标准的沃尔沃斯英语说。

“我来个香蕉船吧。”我说。

服务员记下我们点的单。我握着维达的手，她把头靠在我的肩膀上，然后笑着说：“我一定会成为避孕药的头号粉丝。”

“你感觉怎样?”我问。

“就是刚做完人流的感觉。”

服务员给我们端来了吃的。维达慢慢喝着她的汤，我吃着我的香蕉船。这是多年来我第一次吃香蕉船。

这对我来说是种不同寻常的食物。但自从我们来到蒂华纳王国，开始亲身接受这里的福利项目，这点不同寻常已然不值一提。

出租车司机在我们开始回美国的旅途后就一直没有将目光从维达身上移开。他通过后视镜看着我们，就好像他有另一张脸，长在了镜子上。

“在蒂华纳玩得开心吗?”他问。

“很愉快。”我说。

“你们做了什么?”他说。

“我们做了一次人流。”我说。

“哈哈哈哈哈哈，真会开玩笑!”

司机笑道。

维达也笑了。

再见了，蒂华纳。

火与水的王国。

再会格林酒店

前台接待正等着我们，满脸笑容，问题极多。我猜他上班时喝了酒。他的友好有点超乎寻常。

“你见到你姐姐了吗?”他带着露出一副大假牙的笑容问维达。

“什么?”维达说。她很累。

“是的，我们见到她了，”我说，“和记忆中的一模一样。”

“可不是嘛。”维达说，接住了这个游戏。

“很好，”前台说，“人不应该改变，就应该是老样子。那样会更快乐。”

我尝试理解这番话，还设法控制自己的表情。这真是漫长的一天。

“我妻子有些累了，”我说，“我们想上楼回我们的房间。”

“亲戚有时很烦人。但即便如此也是让人高兴的，重新建立家庭联系。”前台接待说。

“是的。”我说。

他给了我们他母亲房间的钥匙。

“如果你们忘了怎么走，我可以带你们上去。”他说。

“不，不用。”我说，“我记得路。”我一边点头告别，一边说，“那真是个漂亮的房间。”

“是不是?”他说。

“非常好的房间。”维达说。

“我母亲在那儿住得很开心。”他说。

我们乘坐老式电梯上楼，我用钥匙打开了门。“从床上下来。”一走进房间，我就说，“下来。”我重复道。

“说什么呢?”维达说。

“他母亲的鬼魂。”我说。

“哦。”

维达躺在床上闭上眼睛。我脱掉她的鞋，让她更舒适些。

“感觉如何?”我说。

“有点累。”

“我们小睡一会儿吧。”我给她盖好被子，然后躺在她身边。

睡了大概一小时，我醒了。那个母亲鬼魂在刷牙，我让她待在衣橱，直到我们离开。她进了衣橱，我替她关上了门。

“嘿，宝贝。”我叫着维达。她在睡梦中动了一下，然后睁开了眼睛。

“现在几点了?”她说。

“下午过了一半了。”我说。

“我们的飞机是什么时候?”她说。

“六点二十五，”我说，“你觉得你能赶飞机吗？不行我们就在这里过夜。”

“不，我没事，”她说，“我们回旧金山去。我不喜欢圣迭戈。我想离开这里，把这一切都抛在脑后。”

我们起床了，维达洗了把脸，整理了一下自己。她感觉好多了，尽管还是有点虚弱。

我在衣橱里向酒店的母亲鬼魂告别，维达也和我一起，“再见，鬼魂。”她说。

我们坐电梯下楼，去找那位我怀疑会在工作时喝酒的前台接待。

他看到我站在那里，手里拿着荷兰皇家航空公司的包，把房间钥匙还给他。他吓了一跳。

“你们不在这里过夜吗？”他说。

“不，”我说，“我们决定和她姐姐住一起。”

“那你打鼾的问题怎么办？”他说。

“我打算去看医生，”我说，“我不能一辈子都回避这个问题，不能永远这么活下去。我决定像个男人一样面对它。”

维达用眼神轻轻地点了我一下，示意我有点过了。所以我改口说：“你们的酒店很棒，我的朋友们如果要来圣迭戈玩，我会推荐给他们的。我们应该付多少钱？”我问。

“谢谢，”他说，“不用付钱了。你们是福斯特的朋友。但你们甚至没有在这里过夜。”

“那好吧，”我说，“你太好了。谢谢你，

再见。”

“再见，”前台接待说，“有机会再来住一晚吧。”

“我们会的。”我说。

“再见。”维达说。

他突然有点绝望和偏执。“房间没有什么问题，对吧？”他说，“那是我母亲的房间。”

“没问题，”我说，“完美的房间。”

“一个美妙的酒店，”维达说，“一个漂亮的房间。真的是非常美丽的房间。”

维达的话似乎让他平静了下来，当我们走向门口时，他说：“向你姐姐问好。”

这句话值得我们在驱车前往圣迭戈机场的路上回味。我们坐在出租车的后座上，紧贴着彼此。这次的司机是美国人，他在后视镜里的目光就没从维达身上移开过。

我们一上出租车，司机就问：“去哪儿？“

我以为只需简单地说：“请到国际机场。”

但事实并非如此。

“是圣迭戈国际机场，对吧？你们是要去那里，对吗?”

“是的。”我说，不知道是哪里出了问题。

“我只是想确认一下，”他说，“昨天接了一个客人，他也想去国际机场，但他要去的是洛杉矶国际机场。这就是为什么我要确认一下。”

哦，我真信了。

“你带他去了吗?”我接话。我实在没有别的事情可以做，而且我和出租车司机之间的关系显然不受我控制。

“是的。”他说。

“他可能害怕飞行。”我说。

出租车司机没有理解这个笑话，因为他正通过后视镜观察维达，而维达正看着我。

司机继续盯着维达看。他几乎没有心思开车看路。显然，和维达一起坐出租车很危险。

我在心中记下了这一点，避免将来让维达的美丽给我们的生命带来危险。

圣迭戈（不是洛杉矶）国际小费陷阱

倒霉，出租车司机对我给他的小费非常不满。车费还是一美元十分，这让我想起了我们遇到的第一位出租车司机。于是我将小费提高到三十分。

他被三十分的小费吓了一跳，不想再跟我们多说一句话了。即使是维达也未对那三十分的效果有任何加成。

所以到圣迭戈机场的小费到底应该是多少？

我们的飞机一小时后才起飞。维达非常饿，所以我们在咖啡馆吃了点东西。此时是五点三十左右。

我们吃了汉堡。这是我多年来第一次吃汉堡，但并不是很好吃。它很扁。

但维达说她的汉堡很好吃。

“你已经忘记了汉堡是什么味儿的，”维达说，

“在修道院里待了那么多年，你已经丧失判断力了。”

附近坐着两个女人。一个有一头铂金色头发，穿着一件貂皮大衣。她是中年人，和她说话的是一个普通但漂亮的年轻女孩。中年女人正在聊她的婚礼和她为伴娘设计的小帽子。

年轻女孩的腿很好看，但胸部稍有不足。也许是我的口味被维达养刁了？她们离开了餐桌，没留下小费。

这让女服务员很生气。

她可能和我那天在圣迭戈遇到的两位出租车司机是亲戚。

她像看性犯罪者一样盯着没留小费的桌子，失望得仿佛她就是罪犯的母亲。

再见了，圣迭戈

我认真观察了圣迭戈机场。它小巧又简单，没有华而不实的东西。人们在那里是为了工作，不是为了好看。

机场里有一个标牌写着：“作为行李到达的动物可以在建筑后部的航空公司货运区领取。”

你在旧金山国际机场肯定是看不到这样的标牌的。

当我们正要出去候机时，一个拄着拐杖的年轻男人，身边跟着三个老年男人，走了过来。他们都盯着维达看，那个年轻人看得最认真。

在旧金山是在美丽的候机室候机，到了圣迭戈只能站在铁丝网外面候机。我们等着那艘鲨鱼形状、啸声高昂的飞机，极度渴望启程。这一路真的太漫长了。

黄昏时分，天空灰蒙蒙的，一丝寒意落在我们身上，也落在高速公路旁的棕榈树上。这些棕榈树仿佛让天气变得更冷了，因为它们在寒冷中是那么格格不入。

飞机场上有一支军乐队在一架停着的飞机旁边演奏，但距离太远，我看不清他们为什么演奏。或许是有什么大人物来了或者要走了。他们的演奏和我的汉堡一样糟糕。

我永远的秘密护符

我们坐在了机翼旁的老位置上，我再次坐在了窗户旁边。突然间飞机内一片漆黑。维达很安静，她累了。在外面的黑夜中，可以看到机翼一端有一小盏灯，我对它产生了深厚的喜爱之情。它就像二十三英里外燃烧着的灯塔，我将它当作我永远的秘密护符。

一位年轻的神父坐在我们对面的过道上。他对维达一见钟情，尽管这只是飞往洛杉矶的短途旅行。

起初他试图表现得不要太明显，但过了一会儿，他还是屈服了。有一次他倾身走过过道，想要对维达说些什么。他真的要对她说些什么，但后来他改变了主意。

我可能会在很长一段时间去思考，他想对我

那可怜的、刚刚做完人流的心肝宝贝说些什么。她虽然因蒂华纳的事儿虚弱又疲惫，但仍是划过加利福尼亚上空、飞往洛杉矶的线路中最美丽的存在。

我的思绪从神父对维达的兴趣转到了图书馆的福斯特，他会如何处理当天入馆的书。

我希望他能以正确的方式欢迎它们，让作者感到舒服和宾至如归，就像我给他们的感觉一样。

“嗯，我们很快就会到家的。”在一段思绪纷飞的寂静后，维达对我说道。维达说话时，神父的镇定中又有紧张的颤抖。

“是的，”我说，“我也想着回家呢。”

“我知道，”她说，“我能听到你脑海里的声音。我觉得图书馆里一切都还好。福斯特干得不错。”

“你也干得不错。”我说。

“谢谢，”她说，“能回家真好。回到图书馆，然后睡觉。”

当她认为图书馆是她的家时，我非常高兴。

我望向窗外的护符。我爱它，就像爱着来时的咖啡渍一样。

也许，以及十一岁

晚上的飞行很不一样。飞机下方的房屋和城镇想要变得更美，于是它们在遥远的灯光中，一级灯光激情的闪烁中得偿所愿。降落在洛杉矶，就像降落在一枚钻戒里。

神父不想在洛杉矶下飞机，但他不得不下，因为那是他的目的地。也许维达让他想起了某个人。也许他的母亲非常美丽，他不知道如何处理这种感受，便皈依宗教。而现在他在维达身上再次看到那种美丽，就像通过时光镜回溯到了过去。

也许，他思考的是我这辈子从未想过的事情，他的思想是高尚的，应该为他造一个雕像……也许。用福斯特的话说："世上有太多的也许，而没有足够的人。"

我突然又在想我的图书馆了，错过了神父的

离开。他融入了洛杉矶的人海中，为洛杉矶的人口规模贡献了自己的一份，并带着对维达的记忆去了远方。

“你看到了吗?”维达说。

“看到了。”我说。

“从我十一岁起就一直在发生这种事。”她说。

弗雷斯诺，距萨利纳斯还有三分半钟

这次飞行中的空姐们极其肤浅。她们仿佛是出生在一个除了机械的微笑外毫无特色的世界。当然，她们每位都很美丽。

一位空姐正在推着一辆小车沿着过道前行，向我们销售鸡尾酒。她有一种歌唱般的机械声音，我敢打赌那是用电脑预先录制的。

“买一杯鸡尾酒吗?”

“买一杯鸡尾酒吗?”

“买一杯鸡尾酒吗?”

她推着小车直到飞机开始下落。

“买一杯鸡尾酒吗?”

“买一杯鸡尾酒吗?”

“买一杯鸡尾酒吗?”

下方没有灯光。

闪耀吧，我的护符！

我把脸贴在窗户上，努力往外看。我看到了一颗星星，许了个愿，但我不会告诉你我许了什么愿。我为什么要告诉你呢？你可以从漂亮的空姐那儿买一杯鸡尾酒，然后找到你自己的星星。夜空中每个人都能有一颗星星。

我们后面有两个女人在谈论指甲油，在飞往旧金山的路上她们聊了整整三十九分钟。其中一个认为没有涂指甲油的手应该用石头砸了。

维达的指甲上没有涂指甲油，但她不在乎。她也没注意那两个女人的谈话。飞机时不时地颠簸一下，就像被看不见的马拉着一般。但这并没有妨碍我与这架727喷气机坠入爱河，这就是我的天空之家，我的空中爱恋。

飞行员还是哪个男人的声音响起，告诉我们如果我们朝窗外看，可以看到弗雷斯诺的灯光，离看到萨利纳斯的灯光还有三分半钟路程。

我盼望着看到萨利纳斯了，但飞机上发生了一件事。身后的一个女的在十年前把她的指甲油洒在了一只猫身上，这让我不由得移开视线想了一下，错过了萨利纳斯。于是我说服自己，我的护符就是萨利纳斯。

堕胎圣人

我们即将在旧金山降落的时候，后面的女士们结束了她们关于指甲油的话题。

“我宁愿死也不要被发现没有涂指甲油。”其中一个说。

“你说得对。”另一个说。

距离目的地只有三英里，我已经看不见那像黑暗马路一样指向我灯光护符的机翼。看起来就像没有机翼，只有灯光护符，而我们要在这样的情况下降落。

啊，就在我们触地的那一刻，机翼如同魔法般出现了。

航站楼里到处都是士兵。好像有一支军队驻扎在那里。他们看到维达时都疯了。我们穿过那片区域，朝停车场的面包车走去。一路上，她凭一己之力就让美国军队的精子量增多了三吨。

维达还影响了普通民众。一个看起来像银行家的男人径直撞上了一位东方女性，把人撞倒了。她非常惊恐，因为她刚从西贡飞来，没想到第一次访问美国就发生这种事。

唉，又一个因维达而受伤的人。

“你觉得你能接受吗?”维达说。

“我们应该把你的魅力装进易拉罐里。”我说。

“维达汽水。”维达说。

“你感觉怎么样?”我搂着她问。

“回家真好。”她说。

即使旧金山国际机场就像个《花花公子》杂志里的赛博宫殿，想要强行服务我们一些我们没准备好接受的项目，但在那一刻，我依旧觉得旧金山国际机场就是我们从蒂华纳回来后到的第一个家。

我也迫不及待地想回图书馆看看福斯特。

布法诺的雕像带着一种我们无法理解的“和平”感迎接了我们。它形态怪异，像枚巨大的子弹，上面牢牢地绑着个人。

上车时，我想到停车场里应该建一个堕胎圣人的雕像，为那成千上万和我及维达一样完成这趟旅程的女性而立。她们飞入火与水的王国，等待着也信赖着加西亚医生和他的同事们。

感谢上帝，面包车给我们一种亲密、放松的气氛。它的气味和陈设都能让人想到福斯特。在加州之旅后，能回到车里感觉真好。

我把手放在维达的膝盖上，就这样一直放着。前面汽车的尾灯亮起，像两朵玫瑰，一路点亮我们回到旧金山的路。

崭新的生活

回到图书馆时，首先看到的是福斯特坐在台阶上。尽管现在已经是晚上，天气很冷，他依旧穿着他的T恤。图书馆的灯亮着，我奇怪福斯特为什么要坐在外面的台阶上。那应该不是经营图书馆的正确方式。福斯特站起来，热情地挥了挥他的大手。

“你们好，陌生人，”他说，“怎么样了？”

“很顺利，”我从面包车里下来，“你为什么在这里？”

“我的甜心，你怎么样？”福斯特对维达说。

“很好。”她说。

“你为什么不在里面？”我说。

“累了吗，亲爱的？”福斯特对维达说着，温柔地搂住了她。

“有点。”她说。

“嗯，肯定会累的，但你很快就会恢复过来的。”

“图书馆？”我问。

“好姑娘，”福斯特对维达说，“真高兴见到你！你美极了，赛过一地百万大钞！”他在她脸颊上亲了一下。

“图书馆？”我又问。

福斯特转向我。“我很抱歉，”他说，然后转向维达，“你这姑娘啊！”

“你对什么抱歉？”我问。

“别担心，”福斯特说，“一切都是最好的安排。你需要休息，换个环境。你会过上更加幸福的生活。”

“更幸福？什么？发生了什么？”

“嗯。”福斯特搂着维达。她抬头看着他，他试图解释发生了什么。

她脸上挂着微笑，接着福斯特继续说：“嗯，事情是这样的。我在这儿看着你们这家疯人院。

有个女的带着一本书进来，然后她——”

我移开视线不再看福斯特，而是朝图书馆看去，温馨友善的灯光正亮着。我朝玻璃门里看去，有一位女士坐在桌子后面。

我看不清她的脸，但我能看出那是个女的。她身体的姿态说明她在图书馆里待得挺舒服自在。

“我真是服了，”我说，“我进去告诉她这都是误会——”

就在此时，那位女士起身从柜台后面走了出来，气势汹汹地走到门前，打开了门却没有走出来。她朝我嚷道：“把你的破烂从这里搬走！除非你胳膊底下夹着一本书，否则永远不要回来！”

“这是个误会。”我说。

“是的。”她说，“我知道，你就是那个误会。再见，浑蛋！”

她转身，前门在她身后关上，仿佛听从了她的命令。

我站在那里，像罗得的妻子一样石化了[①]。

维达笑得像疯了一样，福斯特也在笑。他们在我旁边的人行道上跳起了舞。

“肯定是哪里弄错了。”我哭喊着，仿佛身处荒野。

“你听见她说的了，”福斯特说，“天！天！天！真高兴摆脱了洞穴，再不走我都要得肺结核了。”

“哦，亲爱的，”维达停下了舞蹈，张开双臂抱住我，而福斯特则开始把我们的东西装车，“你刚刚被解雇了。你得像个正常人一样生活了。”

“我简直不敢相信。”我叹了口气。然后他们把我也装进了车里。

“好吧，我们现在该怎么办?”福斯特说。

---

① 《圣经》中的人物，罗得和妻子住在罪恶之城索多玛，上帝在降下天罚前派遣天使让他们赶紧逃离这座城市，并且告诫他们在逃离的过程中不要回头看。然而，在逃跑的过程中，罗得的妻子不听警告，回头看了索多玛一眼，结果她立刻变成了一根盐柱。——译者注

“去我家吧，”维达说，“就在里昂街附近。”

“我可以睡在面包车里。”福斯特说。

“不，我家有足够的位置住下我们所有人。”维达说。

不知怎么的，最终是维达开起了车。

她将车停在一栋盖着大红色瓦片的房子前。房子前面有一道古老的铁栅栏。这道栅栏看起来没有什么威慑力，时间已经磨平了它的棱角。维达就住在房子的阁楼里。

她的住处简单而舒适，几乎没有家具。墙壁被刷成白色，什么装饰都没有。

我们坐在地板上，地板上铺着厚厚的白色地毯，中央有一张低矮的石桌。

“你们要喝点什么吗?”维达说，“我觉得我们都应该喝一杯。”

福斯特笑了。

她给杯子里装满了冰块，做了几杯非常干的伏特加马天尼。她没有放任何苦艾酒，酒上还点缀了几块卷曲的柠檬皮。柠檬皮像花一样躺在冰块上。

“我去放点音乐，”维达说，“然后开始做晚饭。”

失去图书馆让我倍感震惊，而再次住进真正的房子里则让我倍感惊喜。两种感觉像夜晚的大船一样悄然消逝。

“天哪，这伏特加真好喝！”福斯特说。

“不，亲爱的，”我说，“你最好休息一下，我来做东西吃。”

“不，”福斯特说，“现在我们都需要吃一顿像伐木工人早餐一样的有营养的东西。煎些土豆、洋葱和鸡蛋，上面得浇一加仑的番茄酱。你有这些材料吗？”

“没有。”维达说，“但加利福尼亚街和迪维萨德罗街那边有家商店开着。”

“好。”福斯特说。

他又喝了一口伏特加。

“啊，你们还有钱剩下吗？我身无分文。”

我把剩下的几美元给了福斯特，他去商店买

东西了。

维达把一张唱片放进留声机里。那是披头士的专辑《橡胶灵魂》。我以前从未听过披头士。这足以说明我在图书馆待了多久。

“我想你可以先听这首。”维达说。

我们静静地坐在那里听唱片。

“谁唱的?”我问。

“约翰·列侬。”她说。

福斯特买完食物回来，开始给我们做早晚餐。不一会儿，整个阁楼都弥漫着洋葱的香味。

以上是几个月前的事了。

现在是五月底，我们都住在伯克利的一栋小房子里。房子有一个小后院。维达在北滩的一家脱衣舞场工作，这样她就有钱在秋天重新回到学校。她打算再报一次英语系试试。福斯特有了一个女朋友，是来自巴基斯坦的交换生，二十岁，主修社会学。

她正在另一个房间里做着一顿丰盛的巴基斯坦晚餐。福斯特手里拿着一罐啤酒，看着她。他在伯利恒钢铁公司找到了一份工作。福斯特在旧金山的一个正在干船坞维修的航空母舰上值夜班。今天是福斯特的休息日。

维达出去忙她的了，很快就会回家。她今晚也不用工作。我下午在斯普劳尔大厅对面的一张桌子旁坐着，那是1964年数百名为言论自由抗争的孩子被送进监狱的地方。我负责为“美国永恒”之类的基金会筹集捐款。

午餐时间，我喜欢在附近的喷泉旁边摆摊筹款，这样我就可以看到学生们像万花筒里的缤纷色彩一样从萨瑟门拥进来。我喜欢他们散发着知识的芬芳，还有他们中午在斯普劳尔大厅台阶上举行的政治集会。

喷泉附近很美，绿色的树木、砖墙和需要我的人环绕四周。广场上甚至有很多狗，它们品种、大小、颜色都不一样。我认为在加利福尼亚大学能看到这样的景象是很有意义的。

维达说我在伯克利会成为英雄，她说得没错。

图书在版编目(CIP)数据

去蒂华纳做手术：一部1966年的罗曼史 / (美) 理查德·布劳提根著；徐娅子译. -- 北京：北京联合出版公司，2025. 4. -- ISBN 978-7-5596-8233-8

Ⅰ. I712.45

中国国家版本馆CIP数据核字第2025FN7784号

北京市版权局著作权合同登记　图字:01-2024-6109

去蒂华纳做手术：一部1966年的罗曼史

作　　者:[美] 理查德·布劳提根
译　　者:徐娅子
出 品 人:赵红仕
出版统筹:杨全强　杨芳州
责任编辑:龚　将
策划编辑:王明娟
装帧设计:汐和 at compus studio

北京联合出版公司出版
(北京市西城区德外大街83号楼9层　100088)
北京联合天畅文化传播公司发行
北京启航东方印刷有限公司印刷　新华书店经销
字数107千字　889毫米×1194毫米　1/32　8.375印张　插页2
2025年4月第1版　2025年4月第1次印刷
ISBN 978-7-5596-8233-8
定价:56.00元